佐藤

A

CONTENTS

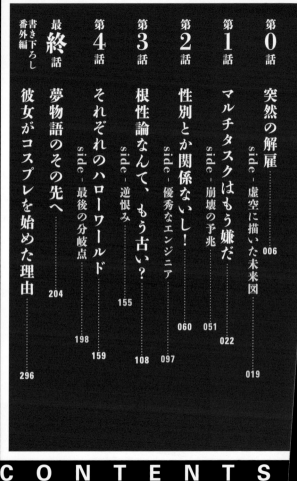

下城米雪《カシロメユキ》 著
icchi《イッチ》 イラスト

え、社内システム全てワンオペしている私を解雇ですか?

佐藤

第0話　突然の解雇

「え、社内システム全てワンオペしている私を解雇ですか？」

システム管理室。

あらゆる社内システムを統括するオルラビシステムを管理する部屋。

私は珍しく顔を見せた部長の言葉を聞いて耳を疑った。しばらく呆然《ぼうぜん》としてから聞き返すと、部長は元来の困り眉をさらに傾けて言った。

「この前、キラキラしたスーツの男性が見学に来たのは覚えているかな」

「あー、なんか後ろの方で立ってましたね」

「社長が代わる話はしたね」

「あっ」

私は察した。私は常にコスプレをして仕事している。当時の衣装は……

「サキュバスコスでしたね。ドエロい感じの」

「そうだね。私達《たち》はスッカリ慣れてしまったけれど、初見の方にはまずかったね」

「社内規定的には問題ないはずです」

「新社長的《あらたしゃちょう》にはダメだったみたいだね」

さらに話を深掘りすると、新社長はコスト削減を考えているらしいとのことが分かった。

いわゆる働き方改革。ここ数年、大企業を中心に行われている業務の見直しである。

多くの業務は古いシステムを前提に行われている。そのため、新しいシステムを前提として業務を再構築すれば、業務効率を改善できるという発想が生まれた。

新社長はいくつかの部署を不要と判断した。結果、組織が縮小する。そして人員が余る。大半は他に回されるが、それでも余る分は「希望退職」を募る形で解雇となる。

希望退職は必ずしも本人が希望するわけではない。要するにリストラである。

さて誰を解雇するのか。

世間一般に異常な格好で働いている私が真っ先にリストアップされたというわけだ。

「正気ですか？」

私は本音で質問した。

現在、社内システムは全てオルラビシステムを経由している。そしてオルラビシステムは私がワンオペしている。しっかり引き継ぎを行わなければ、いくつかの業務が破綻するのは目に見えている。

「私も気が狂っていると遠まわしに言ったんだけどね」

「言っちゃったんですね」

「ダメだったよ。だから転職活動を始めることにした」

「アグレッシブですね」

「管理職は判断が重要だからね」

部長は苦笑して、懐かしそうに手近なモニタに触れた。

「この会社は、昔から技術者を軽視する傾向にあった。確かに自動化の恩恵で工数と人員を削減できる。しかし……」

部長はそこで言葉を切った。

苦々しい表情。それを見て私は、ぼんやりと過去の出来事を思い出し始める。

いろいろな感情が浮かび上がるけれど、上手《うま》く言葉にすることができない。ただ、寂しそうな部長を見ていると、胸が痛かった。

「佐藤《さとう》さん、すまないね」

「いえ、部長が謝ることではないです」

「いいや、君たちの奮闘を伝え切れなかった私の責任だ。いくらか粘ったのだが、最後は『一人で回る仕事など、本当に必要なのか』と質問されてしまった」

溜息《ためいき》ひとつ。部長はどこか諦めた様子で呟《つぶや》いた。

「……言葉を返す気力を失ったよ」

それから部長は別れを惜しむような様子で部屋全体を見渡した。

この部屋には、昔は十人を超える人員が配置されていた。しかし自動化が進む度に数を減らされ、最後には私一人となった。

「さて、私は今日から有給を消化することにしたから。先に失礼するね」

「あっ、はい。お疲れ様です」

かくして私は無職になった。

もちろん法律があるから「明日から来なくていいよ」ということにはならない。形式上は「一身上の都合により退職」という正式なプロセス。その気になれば会社にしがみつくことは可能だけれど……そこまでの熱量は、もう残っていない。

解雇、解雇、解雇……現実感が無いからだろうか、ピンと来ない。ただ少し、悔しい気持ちがある。

私が入社したのは六年前。

普通に大学を出て新卒入社だった。

当時、配属先の部署はブラックだった。

夜間まで残業することは当たり前。

会社に泊まることなど珍しくない。

日に日に死んでいく同期の目。

いつも深淵《しんえん》を見ている上司の目。

三食カ〇リーメイト生活。浴びるように飲んだレッ〇ブル。三つ並べた椅子で寝るのに慣れていく自分。

こういうのが嫌でホワイト企業として有名な会社を選んだのに、私は見事に例外を引き当ててしまった。

最も苦痛だったのは、プライベートな時間が奪われたことだ。

私は平成生まれの理系である。デジタルネイティブと呼ばれる世代で、思春期はスマホで漫画やアニメや夢小説を見ながら育った。要するにオタクなのである。

通常、人間が元気で生きるためには三大栄養素と呼ばれる『タンパク質』『糖質』『脂質』が必要だ。

しかし、オタクはここに『サブカル』を加えなければ生きていけない。

サブカルは良い。免疫力がアップする。

アニメを一話視聴すればインフルエンザさえも治癒する。ソースは私。

私はアニメを奪われた。心が加速度的にやせ細っていった。

気が付けば、私が「アニメ」になっていた。

ほとんど無意識でコスプレ衣装を作り、装備していた。

すると、どうだろう。苦しいとき、聞こえるのだ。推しの声が。

——愛《あい》ちゃんがんばれ！

——うん！　がんばる！

私はエントロピーを超越した。翻訳すると、自動化に力を入れ始めた。

自動化。それは命を守る力。

理論上、コンピュータを用いた仕事は全て自動化できる。手動で行えば一時間かかる仕事でも、プログラムで完結するならば一分もかからない。あらゆる仕事を自動化することができれば、命を削って夜間に働く理由は消失する。

私は成し遂げた。

同僚と推しの力を借りながら、五年かけて全業務を自動化した。

その末路が、解雇。

実にあっけない終わり方だった。

働き方改革。近年、この言葉と共に自動化が推進されている。

経営者は数字で現場を見ているかもしれないが、その背景で奮闘している技術者の存在を忘れてはならない。決して忘れてはならないのだ。それを忘れて「一人で回る仕事など、本当に必要なのか」と発言されてしまったら、命を賭して一人で回るようにした私達は、叫ばずにはいられない。

「ふっざけんなよぉ！」

＊　＊　＊

あれから一ヵ月が経過した。

有給は三十日以上残っていたけれど、私は最後の瞬間まで働くつもりだった。

システムの管理とマニュアル整備。一応、既にマニュアルは存在している。でもあれは開発者向けのメモ書きみたいなものだ。初めて触れて理解するための代物ではない。

会社には腹が立つけど、システムと後任のエンジニアに罪は無い。私は責務を全うするつもりだった。

しかし会社の対応は「さっさと出てけ」

私は唇を嚙《か》んで従った。

最初の二週間は、ほとんど何も考えられなかった。寝て起きてアニメを見て、また寝る。空虚な日々。

次の一週間は、これまで積まれていた漫画や小説、ゲームを消化した。とても幸せだったけれど、布団に入って目を閉じると、耐え難い現実が思考を支配して、私に夢を見せることを拒んだ。

その次の一週間は、ソシャゲに没頭した。それほど貯金に余裕があるわけではないけれど、総額で十万円くらいは課金したと思う。とても虚《むな》しくなった。

そして、現在。

アキバで散財した私は、帰り道でファミレスに寄って、大好きなメロンソーダをがぶ飲みしていた。

壁際、一人用の席。隣にはスーツの男性が座っている。店内は混雑していて、あちこちから大きな声が聞こえる。よくよく内容に耳を傾ければ、ほとんどが仕事の愚痴。

プチッと、何かが切れた。きっと愚痴だらけの雰囲気に呑《の》まれたからだ。

一ヵ月という時間を経て、あるいは突然に、私の中に怒りの感情が生まれ、爆発した。

「ふざけんな、ふざけんな、ふっざけんなよぉ！」

完全に一人で騒ぐヤベェ奴《やつ》。隣の男性には悪いけれど、他人を気遣う余裕なんて今の私には無い。

「あれ、もしかして佐藤さん？」

「ああん!?　何見てんだテメェ！」

酔っぱらいのように返事をした私。

「ははは、見たところそれは……ワイン、なのかな？」

「メロンソーダをアルコールと一緒にすんじゃねぇよぉ！」

ブチ切れる私。見知らぬナンパ男は困惑した様子を見せる。

「随分と飲んでいるようだね。ボクのこと、覚えていないかな？」

情報。スーツ、若い、そこそこイケメン。

「知らねぇ！」

「あはは、そうか、覚えていないか」

少し寂しそうに俯《うつむ》いたイケメン。その姿を見て、私はぼんやりと思い出した。

「おまえ、鈴木《すずき》か？」

「どの鈴木かな」

「いつも泣いてた鈴木」

「ひどい覚え方。でも正解。久しぶりだね」

あー面影ある！　面影あるある！

「おー鈴木ぃ！　久しぶりだなぁ！　チャラチャラしやがって、最近何してんだよ？」

「ははは、痛いよ。佐藤さんは相変わらずだね」

「なーにが佐藤さんだよ。昔みたいに愛ちゃんって呼んでくれてもいいんだぜ」

「じゃあ、ボクのこともケンちゃんで」

社会人になって偶然再会した幼馴染《おさななじみ》。久々に会ったとは思えない程に話が盛り上がる。

彼とは、幼い頃は毎日のように遊んでいたけれど、中学生になって部活が始まってからは、顔を見る機会が減った。高校進学を機にめっきり会わなくなって、それっきり。その程度の付き合い。

それでも話題は尽きない。高校で部活は何をやったとか、大学どこ行ったとか、とにかくいろいろ。

「へー、ケンちゃん起業したんだ。かっこいー」

「起業するだけなら誰でもできるよ」

ほんの数ヵ月前にスタートアップを立ち上げたという話題。

素直に称賛すると、ケンちゃんは謙遜して曖昧な笑みを浮かべた。

起業。私とは全く無縁の世界。でもちょっと興味がある。私は軽く肩を寄せて、質問した。

「なにやんの？」

「それは流石《さすが》に言えないけど……愛ちゃんこそ、仕事、何しているの？」

「わたし？　私はねー、無職になりましたー」

「……それは、悪いことを聞いたね」

気にすんなよと背中を叩《たた》く。

私は残ったメロンソーダを一気飲みして、少しトーンを落として言った。

「技術者ってさ、どうして軽視されるんだろうね」

これは、ただの独り言。

「難しいこと勉強して、いっぱい頑張って、高度人材とか言われて就職は楽だけど給料が高いわけじゃない。ずっとずっとデスマーチで身も心も削りながら自動化したら、じゃあもう要らないからバイバイ。なにこれひどくない？」

本当に無様な独り言。働き方改革とやらの影響で解雇された敗北者の冴《さ》えない愚痴。

きっと他人に聞かせるような内容ではない。もっと楽しい話をするべきだと心から思う。それでも止められない。出口を求めていた感情が、次々と溢《あふ》れ出る。

「頑張ったんだよ!?」

劣悪とか、過酷とか、そんな言葉では形容できない職場だった。文字通り命がけの環境。実際に心が壊れた同僚も居た。私が初めてコスプレして現れたとき、周囲は「あっ」という反応だった。

それでも、私は、私達は頑張った。決して逃げ出さず、ひとつひとつの業務を自動化した。

自分のために。あるいは、仲間のために。

成し遂げた直後、あの瞬間を私は忘れない。普段は寡黙な同僚達が歓喜する声、パチンとハイタッチした手に感じた熱。何もかも決して忘れない。忘れられるわけがない。

「……ほんと、がんばったのにな」

上手に言い表せない感情が目から零《こぼ》れ落ちる。

私の誇り、宝物、思い出、成果。会社は何とも思っていなかった。

べつに、何かを望むわけではない。成果に見合う報酬が欲しいとか、姿形の見えない会社に復讐《ふくしゅう》したいとか、私を解雇することを決めた新社長をギャフンと言わせたいとか、そういう禍々《まがまが》しい熱も無い。

「……悔しいな」

ただ一言、呟いた。

他にはもう、何も言えなかった。

「あの、愛ちゃん」

「ごめん、忘れて」

私は言葉を遮って言う。

「スタートアップって大変でしょ。だから……同情で雇おうとか、そんなこと考えなくていいよ」

「……」

図星だったのだろう。ケンちゃんは口を閉じて、気まずそうに目を逸《そ》らした。

ほどなくして、会計。別れ際、ケンちゃんが私に言う。

「そういえば、どこの会社に勤めていたのかな」

「ＲａＷｉ株式会社。一応大手だけど、知ってる？」

「もちろん、凄《すご》いじゃないか」

「ただのブラックだよ」

じゃね、と帰ろうとした私を引き留めて、

「佐藤さん……って、知らないかな？」

「佐藤は私ですが」

「あはは、それはそうなんだけど……」

「冗談。でも……うーん、私以外に居たかな？」

一応、会社に六年居た。佐藤というありきたりな名前は、しかし一度も目にしていない。

「オルラビシステムって、聞いたことあるかな」

「おーよく知ってるね。私が作ったやつじゃん」

ケンちゃんは目を見開いた。そして、急に私の手を握って言う。

「ずっと探していた。君が欲しい」

「……は？」

もちろん求婚の類ではない。

優秀なエンジニアを求めていたスタートアップの社長が、私をヘッドハントしている。それだけの話。

「いや、私もう仕事とか。今は、無理だよ……」

「君は最高のエンジニアだ！」

「ちょいちょい、なに急に、声大きいって」

「オルラビシステム。あれは芸術品だ。あれ以上のシステムをボクは見たことがない。それを生み出した君が……そんなこと、ボクは許さない。絶対に許さない」

息を呑んで、顔を上げた。

「……なんでケンちゃんが泣くんだよ」

「悔しいからだ」

すっかり男らしくなった幼馴染。昔と同じように涙目で、だけど昔とは違って私から目を逸らさない。

「……なんなんだよ」

はじめて私から目を逸らした。

顔が熱い。心が熱い。きっと私は、今のような言葉を求めていた。

「約束する。ボクは世界を変える。君が輝ける場所は、ボクが作る」

結論から述べれば、私は幼馴染の誘いに乗った。

理由はいくつかある。

一番は、コスプレしたまま働いても構わないと約束してくれたからだ。

side - 虚空に描いた未来図

ＲａＷｉ株式会社。

ＡＩと情報技術に特化した上場企業。

ここ数年、社内システムの自動化などが利益率の向上に貢献している一方で、投資事業などの失敗により業績が低迷していた。この責任を取る形で前社長が辞任。新社長には、海外を中心に多くの実績を持つ人物が就任した。

「この会社は生まれ変わる」

社長室。

新社長は、窓の外を見ながら呟《つぶや》いた。

「ええ、惚《ほ》れ惚《ぼ》れする手腕です」

傍《そば》に控えた秘書が賞賛する。

「組織の再編成。これにより従来の業務を維持したまま大幅な人件費カットに成功しています。削るだけではなく、新組織のシナジーも完璧に計算されています。効果が数字に表れるのは少し先ですが、二桁増益は確実でしょう」

「二桁か……少なくとも二倍を目指したつもりだったのだが」

「当社の規模を考えれば、十分過ぎる成果です」

「ありがとう」

新社長は晴れ晴れとした笑顔で言って、窓から秘書に目を移す。

「変化には問題が付きものだ。現場から何か気になる声はないかね」

「……そうですね。解散した部署のひとつですが、異常に転職率が高いです」

「具体的には？」

「こちらをご覧ください」

秘書はタブレットを操作してデータを示した。

「ああ、ここか」

「なにか心当たりが？」

「よく覚えている。妙なコスプレ女がパソコンの前に座っていた」

「っふ、コ、コスプレですか……失礼」

思わぬ単語で失笑する秘書。

「いや構わない。私も思わず笑ってしまったからな」

楽し気な声が社長室に響く。

「調べたところ、とても重要なシステムを管理していたらしい。だが、実質的な業務を行うのは一人だけ。肝心のシステムは自動化され、マニュアルも完備されているものだった」

「まさに、ですね」

「ああ、まさに、無駄なコストだ」

　新社長は吐き捨てるように言って、再び窓の外に目を向けた。

「私はプライドばかり肥大化した従業員を何人も見てきた。彼らは少し苦労しただけで、自分が唯一無二だと思い込む。結果、不要なコストを生み出す。コストカットとは、これを切り捨てることだ。そして経営者の仕事は、元従業員達《たち》に逆恨みされながらも、会社を発展させることだ」

　新社長は言葉を切る。

　そして、窓の外を見たまま秘書に問う。

「私は、何か間違っているかね」

「とんでもない。仰《おっしゃ》る通りですよ」

「……そうか、ありがとう」

　その目には成功だけが見えている。

　右肩上がりで伸びる業績の〝グラフ〟と、増え続ける収益の〝数値〟だけが、見えている。

第1話　マルチタスクはもう嫌だ

私っ、佐藤愛28歳！

どこにでもいる普通の社会人だったんだけど、社長交代で無職になってたーいへん！　でもファミレスで偶然再会した幼馴染《おさななじみ》にヘッドハントされて再就職!?　私これからどうなっちゃうの!?

えっ、28歳で少女漫画的な導入はきつい？

……うるさいな。ポリコレに突き出されたいのかな。

いっけなーい！　殺意殺意っ♪

とにかく再就職を果たした私は、彼の事務所に足を運んだのでした！　もちろんコスプレ衣装で！

「本当にコスプレして来たんだね」

「流石《さすが》に電車は私服だよ。さっきそこで着替えた！」

なら良かった。ケンちゃんは無表情で言った。

「早速だけど契約書関連を片付けようか。適当に座って」

「魔法少女コスで契約とか天才か？」

ケンちゃんは苦笑して、机の引き出しを漁《あさ》り始めた。

……苦笑、か。うんまあいつもの反応だね！

「他に従業員とかいないの？」

1

「あと二人いる。今はあちこち営業してくれてる」

「全部で三人か。ほんと始まったばっかなんだね」

「そうだね。本当に良いタイミングで君に会えた」

こちらを一瞥《いちべつ》して微笑《ほほえ》むケンちゃん。

ふと、私は先日の出来事を思い出す。

――君は最高のエンジニアだ！

――君が輝ける場所は、ボクが作る。

わー！　わーわー！　なんなんだよもー！　恥ずかしいなあ！　もー！

「お待たせ。雇用契約書と、コンプラ関連。ハンコあるよね？」

じーっと見る。記憶にあるのは泣き虫のチビ。だけど、今の彼は――

「どうかした？」

「……生意気だ」

「ええっと？」

「なんでもない！」

ごまかして書類を受け取る。この感情はきっと吊《つ》り橋《ばし》的なアレ。そうに違いない。

「変なこと書いてないだろうなー？」

「普通の書類だよ」

「どれどれ～？」

――――――――――――――――

婚姻届

夫になる人

氏名

住所

妻になる人

氏名

住所

――――――――――――――――

「えーっと？」

「どこか分からなかった？　普通の――」

流れ星。私と『契約書』の間を閃光《せんこう》が駆け抜けた。

「張り付いてたみたいだね。こっちが本当の雇用契約書」

次は本物。しかし直前の衝撃が大きくて、切り替えられない。

「……結婚するの？」

「いいや、悲しいことに全く出会いが無い。これは……役所の管理が杜撰《ずさん》で、重なっちゃったのかもね」

いやいや、そんなことないでしょ。なーんて思いながらも、どこか安堵《あんど》している自分がいる。

パチっ、私は自分の頬を叩《たた》いた。

「びっくりした。どうしたの？」

「気にしないで、ただのルーティンだから」

今日の私は、どこかおかしい。だから切り替えるために頬を叩いた。幼馴染と二人だけれど、今は重要な契約をする時間なのだ。

自動化。プログラミング。私が生業《なりわい》としていたのは、どこにも正解が存在しないシステムを生み出す仕事。集中しなければ思わぬミスを生み、それは遅効性の毒となる。最悪、該当箇所をゼロから作り直すことになる。

私は、瞬時に集中する術《すべ》を得た。これは数多《あまた》のデスマーチで身に付いた技能のひとつ。

各書類に目を通す。もちろん彼を疑っているわけではないけれど、詳細まで一通りチェックする。

結論、普通の契約書。問題ないと客観的に判断した私は、必要事項を記入し押印した。

「ん、ありがとう」

彼は軽く内容をチェックして、書類を新品のクリアファイルに入れた。

「さて、本来なら契約内容や仕事について詳しい話をする予定だったんだけど……先に謝る。ごめん」

なんだろう。疑問に思っていると、彼はバツが悪そうに言った。

「君が来る直前に連絡があって……実は、あと三十分くらいで記念すべき最初の顧客が来る」

「……はい？」

「本当に申し訳ない」

彼は頭を抱え深い溜息《ためいき》を吐《つ》いた。どうやら従業員の中に報告を怠った問題児が居るらしい。

「気にしない！　良いことだよ。逆に忙しい自慢しないと」

「……ありがとう。君は昔から前向きだね」

素直に感謝されて、少し照れる。

「私は何をすればいい？」

「一言で説明すると、ボクたちのビジネスはプログラマ塾だ」

「あー、最近流行《はや》りの」

「詳細は後で話すよ。愛ちゃん、いや佐藤さんは……」

彼の視線が私の服に向けられる。私は意図を察して提案した。

「着替えようか？」

「それは契約違反だ。そのままでいいよ。基本的にボクが対応するから隣に……いや、少し離れた……隣で行こう」

めちゃくちゃ葛藤していた。

魔法少女コスで初めての顧客対応をするプログラマ塾など前代未聞だろう。常識的に考えて私は着替えるべきだと思う。しかし今は彼がボスである。私は判断に従うことにした。決して鎧《よろい》を手放すのが嫌だったわけではない。断じて違う。

「基本的には何も言わなくて大丈夫だけど、もしかしたらボクには答えられない質問があるかもしれない。その場合だけ、君の力が借りたい」

「分かった」

彼は少し長く息を吐いて、

「重ね重ね本当に申し訳ない。緊張で胃がヤバい」

「了解。もしも先に来ちゃったら対応するね」

「それは……いや、お願いするよ」

彼は険しい表情で席を外した。

最初の顧客が現れたのは、それから五分ほど後のことだった。

＊　＊　＊

彼の名前は小田原茂《おだわらしげる》。都内のマンションに住む三十二歳。同居人は妻と二人の子供。日中は正社員として多彩な業務に従事している。悪い言い方をすれば、人手が足りない組織で様々な仕事をあれやこれや押し付けられている。

カレンダーを埋め尽くす会議などの予定。襲い来る細々とした通常業務。もちろん同僚も多忙であり、昼食時に周囲を見渡せば仕事をしながら食事をする者ばかり。それとなしに雑談を始めても得られるのは空返事と愛想笑いだけ。

ひとつの納期を乗り越えたかと思えば次の納期が迫る。タスクを整理する間に新たなタスクが生まれることなど日常茶飯事。当然、残業時間は多い。最近は会社がうるさいから月末には調整が大変。

家では疲れて眠るだけ。子供と話す時間も作れず、なんだか最近嫌われ始めているような気がする。

土日などにリビングでグッタリしていると、新婚時にはあれほど愛らしかった妻が羽虫を見るような目で見てくる。仕方なしに寝室へ行くと「あなた、本当に何もしてくれないよね」と痛恨の一撃。やれやれと身体《からだ》に鞭《むち》を打って家事に手を出せば「邪魔だからあっちへ行って」と拒絶されチェックメイト。

「あれ、俺今何やってるんだっけ」

仕事中、ふと我に返って呟《つぶや》くことも増え始めた。そんなどこにでもいる一般的なサラリーマン。それが小田原である。

小田原には趣味がある。会社では多忙、家では羽虫。そんな彼が安らげる唯一の場所、通勤電車。吊《つり》革《かわ》を握り、ただ黙って虚空を見つめる時間。頭を空っぽにできることが、とても心地良い。

楽しい時間は一瞬。電車を降り、会社に向かう数分間はとても憂鬱《ゆううつ》だ。

小田原は現実逃避であちこちに目を向ける。そして、普段と違う張り紙に気が付いて足を止めた。

「真のプログラマ塾？」

ダサい。しかし小田原は詳細に目を通した。

理由はシンプル。ちょうどプログラミングを学びたいと思っていた。

ここ数年、社内で内製化というワードが頻出している。これまで外注に頼り切りだったシステムを自社製に切り替えようという動きだ。

これによりプログラミングは専門外だった小田原も無関係ではいられなくなった。実際、業務で手を動かす機会も増え始めている。このため、どこかで時間を取って学びたいと考えていた。

しかし、プログラマ塾ほど胡散臭《うさんくさ》いものはない。

まずプログラマを確保するのは至難の業である。ただでさえ数が少ないうえに誰もが多忙なのだ。教師として用意できるのは、学生アルバイトもしくは開発案件を取れないフリーランスが関の山であろう。

そして、ビジネスとして展開することを考えるならば、深い知識を一部に教えるのではなく、浅い知識を大勢に教えるのが合理的だ。必然、塾で得られる知識はネットで調べれば手に入るレベルとなる。

だからこそ、彼は次の文章に目を止めた。


未経験ＮＧ。

今困っている方だけご相談ください。


「珍しいな」

先ほど述べた通り、ビジネスとして成功させるためには受講者の母数を増やす必要がある。あえて大半の顧客を切り捨てる塾など目にしたことがない。

「……二十万か」

まあそんなものかなと思える金額。

もちろん、決して安くはない金額。

「おお、無料体験もあるのか」

日本人はとにかくにも無料という言葉に弱い。手軽にダウンロードできる無料アプリで一回数千円のガチャを狂ったように回した経験が、きっと多くの方にあるだろう。

お一人様、一回限り、無料。小田原は「未経験ＮＧ」という珍しい文言に興味を惹《ひ》かれ「初回無料」

というありきたりな文言で心を決めた。

そして金曜日の午後。

ちょうど有給を消化したいと考えていた小田原は、半休を取得して、足を運んだのだった。

「すみません、真のプログラマ塾……？　って、こちらですか？」

「はーい、ちょっと待ってくださいね」

女性の声。直《す》ぐにドタバタ足音が聞こえて、現れたのは——

「ええっと、小田原さんかな？」

「…………あ、はい、そうです」

ああ、これは、間違えたな。

強烈なコスプレ衣装を見て、彼は内心、そう思った。

＊　＊　＊

「お待たせしました。担当の鈴木です」

「ああ、どうも。よろしくお願いします」

都内某所、マンションの一室。よくある零細企業の事務所。良く言えばスッキリとした綺麗《きれい》な内装で、悪く言えば何も無い。出入口付近には受付みたいなブースがあるけれど、今のところ使われていない。

その裏側にはソファとテーブルがある。

現在、事務所内にはソファに座っている大人が三人。

スーツ姿の男性が二人。

そして魔法少女が一人。

とても混沌《こんとん》とした空間で、鈴木が口火を切る。

「早速ですが小田原さん、研修って無意味だなと感じたことはありませんか」

「……ええ、まあ何度か」

ここは本当にプログラマ塾なのだろうか。ただでさえ疑わしい無名の会社と常識を逸した格好の従業員。案内された机には紙とペンだけが用意されており、担当者の第一声は詐欺師のような言葉。

「なぜ無意味に感じるのか。ボクは、得られた知識が直ぐには役に立たないからだと思っています」

「……まあ、そうですね」

……いつでも逃げられる心構えをしておこう。

小田原の警戒心は極限まで引き上げられていた。

「だから今回は、小田原さんが現在困っていることをひとつだけ解決します」

「……困っていること、ですか」

「はい。事前アンケートでもご回答いただいたのですが、あらためて聞かせてください。プログラミングを学びたいと思ったのは、どうしてですか」

……この人は、まともそうだな。

雰囲気や態度が好印象である。信用できそうだ。

……なら隣は、なんなのだろう。

どう考えても異常。何か意味があるとも思えない。

小田原は佐藤の存在に困惑しながらも話を始めた。

これまでプログラミングは未経験だったこと。しかし最近会社の方針で触れる機会が増えたこと。

鈴木が的確な相槌《あいづち》を入れることで、会話はスムーズに進んだ。最初は佐藤が気になってチラチラ見ていた小田原は、ほんの二分ほどで鈴木との会話に集中するようになった。

……なかなかやるな。

内心で鈴木の評価を上げる佐藤こと諸悪の根源。

「なるほど」

一通りの話を聞き終えた鈴木は、大きく頷《うなず》いた。

小田原の業務は、何かを開発することではない。既に存在しているプログラムを運用、もしくは改修する仕事である。彼は膨大な量のソースコードに面食らった。ひとつひとつが魔法のような記述。ほんの数行を読み解くだけでも一苦労なのに、それが千行以上も続くのだから頭が痛くなる。

「では、ソースコードを読むことを諦めましょう」

「諦める、ですか？」

「代わりに紙とペンを使います」

「……紙、ですか」

はい、と頷いて、

「小田原さんが特に困ってらっしゃるのは、プログラムの改修でしたね。具体的には、いくつかの設定を確認するプログラムがあり、その一部に不具合が生じている。だから改修したい」

「ええ、その通りです」

「プログラムの流れ、ざっくりどんな感じか話せますか？」

「ええと、まずデータベースとコンフィグの情報を変数に格納して……その先が、難しいんですよね……」

鈴木は隣に目を向ける。

「佐藤さん、今の話を聞いて、どんなソースコードを想像しますか」

いきなり来たなと少し驚く佐藤。そいつに振るのかと驚愕《きょうがく》する小田原。

「多分ですけど、めちゃくちゃ条件分岐して設定を確かめてるんじゃないですかね。なんかコメントとかで謎の区切りがあって、いろいろな設定の確認がバーッて並んでるイメージ」

「おお、そうです、そんな感じです」

小田原は心底驚いた様子で同意した。

一方で、話を聞いた鈴木はペンを走らせる。

「つまり、こういうことですね」

丸を描いて、その中に「読み込み」と書く。

続いて「確認1」「確認2」……「確認n」と縦に並べて記す。

「ああ、なるほど。絵にすると分かりやすいですね」

「いえ、ここからです」

ほぉ、と眉を上げた小田原。

鈴木は柔らかい笑みを浮かべたまま説明を始める。

「このプログラムは多くの確認を行っているから行数も多い。ですが、確認する設定の順番は全く関係ないはずだ。つまり――」

鈴木は紙を裏返して、もう一度、丸を描く。その中に「読み込み」と記すまでは同じ。

「あー、なるほどなるほど、確かにそうですね」

前の図では「確認」が縦に並んでいた。

しかし新しい図では、横に並んでいる。

話は非常にシンプル。

小田原は千行を超えるプログラムに頭を悩ませている。しかし今回のケースでは全てを理解する必要など無い。では、どの部分を理解すれば良いのだろうか。それを知る方法が、鈴木の描いた図であった。

「はー、絵を描くだけで随分と違いますね」

「そうなんです。人間は情報処理の大部分を視覚情報に頼っていますからね。それにボクたちは、紙とペンを使って物事を覚える訓練を少なくとも九年間続けています」

「ああ、仰《おっしゃ》る通りだ。言われてみれば、今でも資格勉強なんかは紙とペンですね。どうしてプログラミングではこの発想に至らなかったのだろう……」

鈴木はペンを置いて、小田原の目を見る。

「これでひとつ、解決ですね」

「ええスッキリしました。実は詳しい同僚を頼ったこともあったのですが、専門的な色が強く、恥ずかしながら知ったかぶりしていました。それが……いやはや、これほど簡単に解決するとは」

「ご満足頂けたようで何よりです」

「はい。失礼を承知で、最初はその」

　小田原は佐藤を一瞥して、

「驚いたのですが……」

「あはは、これでも彼女は非常に優秀なエンジニアですよ」

　これでも？　佐藤はニコニコ鈴木を睨《にら》む。

「なぜ……いや、なんでもないです」

「かわいいからです！」

　えっへんと佐藤は胸を張る。

　それを見た成人男性の反応は、まあお察しの通りである。

「納得いかない！」

　28歳の魔法少女は憤慨する。

「これ、ご存知ないですか？　ニチアサですよ？」

「……ニチアサ」

「日曜日の朝です」

「なるほど」

小田原は苦笑して、初めて佐藤の衣装を直視する。

「あっ、ああ思い出しました。娘が見ているアニメだ」

「そう！　娘さんいるんですね！」

「ええ、今年で五歳になります」

「一番かわいい時期じゃないですか。一緒にアニメ見たりするんですか？」

グイグイ質問する佐藤。

小田原は先程とは違った様子で苦笑する。

「いやぁ、見ないですね。最近あまり話す機会がないもので……」

「ああ……お仕事忙しい系ですか」

「そうですね。いわゆるマルチタスクで、最近はもう自分が何やってるか分からないことが多くて……」

不意に登場した重たい空気。鈴木は少し危機感を覚え、話題を切り替えようとする。しかし彼が言葉を発するよりも早く、佐藤が大きな声で言った。

「わかる！」

二人は驚いて佐藤を見る。

「私、ワンオペだったんですよ。前の仕事」

「それはキツイですね」

「いやもう気分は母親ですよ。会社のママです。通常業務だけでも手一杯なのに、システムの問い合わせ先ぜーんぶ私なので大変でした。なんというか『あらあら、また同じ人からの質問だぞ？　まったく私も忙しいのに、甘えん坊さんなんだからっ』みたいな感じです」

「……あはは、楽しそうですね」

佐藤は少し声のトーンを落として、

「紹介しましょうか？」

「すみません、マルチタスクはもう嫌です」

二人は同時に俯《うつむ》いた。それを見て鈴木は話題を変えるチャンスだと考えたけれど、底知れぬ闇を感じて言葉が浮かばなかった。

「まあ、質問するのは良いんですけどね」

佐藤は、少しだけ寂しそうな口調で言う。

「もうちょっとこう、感謝の言葉とか欲しいですね」

「ああ、確かに褒められることって少ないですよね」

「そうなんですよ。仕事だからやって当たり前みたいなのダメだと思います」

そうですね、と相槌。佐藤はグッと前のめりになって話を続ける。

「ただそれはそれです。お子さんと一緒にアニメ見ましょ」

「……ああ、ええ、そうですね」

唐突な提案。小田原は返す言葉が浮かばず愛想笑い。

「幼い頃の思い出は魂に刻まれるんですよ！　今放置された子供は将来しわしわです。大事にしてあげてください」

「佐藤さん、あまりお客さんのプライベートには」

「でもロリだよ？」

「佐藤さん、落ち着いて」

明らかに慌てた様子の鈴木。

「いや、大丈夫ですよ。仰る通りだと思いました」

「……その、本当に申し訳ございません」

「いえいえ、とんでもない」

しかし小田原は全く気にしていない様子で言う。

「お二人は、ご夫婦ですか？」

鈴木は吹き出しそうになって唇を噛《か》む。

佐藤は「いえ古くからの友人です」と冷静。

「……そうですか」

二人の様子を見て、小田原は何か察した様子で言った。その声は、どこか楽しげだった。

「さて、すみません。実はこのあと用事がありまして……」

「……ああ、そうですか。お急ぎですか？」

「はい、すみません。失礼します」

「いえいえ、ありがとうございました」

立ち上がる小田原。

鈴木も立ち上がり、見送りに出る。

「後日アンケートメール等お送りしますので、よければご協力お願いいたします」

「ええ、分かりました。今日は楽しかったです。ありがとうございました」

「はい、またよろしくお願いいたします」

短い挨拶をして、小田原は帰宅した。

鈴木はソファに戻ってガックリと頭を抱える。

佐藤は少し悩んだあと、明るい声で話しかけた。

「反省もいいけど、まず喜ぼうよ！　楽しかったって！」

「……社交辞令だよ〜」

深い溜息と共に吐き出された鈴木の声。

「佐藤さん、研修しよう」

「えー、ちゃんと空気読んでたよ？」

「プライベートには触れちゃダメ。最悪クレーム」

「お堅い。対面なんだからもっと心に寄り添わないと」

心に寄り添う。それは偶然にも鈴木が最も大切にしている言葉だった。

「ビジネスの交渉でも雑談から入ったりするでしょう？」

「……まあ、何を言うかより誰が言うかってのはあるけども」

あ、こいつあと一息だな。正直かなり怒られる要素を自覚している佐藤はニヤリとする。

「そう、何を言ったかより誰が言ったか！」

佐藤は魔法のステッキを手に取って、

「見てこれ！　これで接客！　これ以下は無いでしょ！」

「……そうかなぁ」

「無敵だよ！」

「……そっかぁ」

ダメだ鈴木、負けるな鈴木。お前は間違ってない。

「でも次はもうちょっと慎重に頼むよ」

「はーい」

鈴木ぃ……

＊　＊　＊

小田原は起床した。

日曜日の朝。普段ならば何もする気が起こらず二度寝して、気が付けば昼。しかし今日は、

「あ、パパおはよー！」

「おー、早起きだな歩夢《あゆむ》」

まだ挨拶くらいはしてくれる。密《ひそ》かにホッとしていると、娘は目を真ん丸にして言った。

「めずらしー！」

「はは、パパも偶《たま》には早起きだ」

なんでー？　と問いかける娘。

笑顔だった。久しぶりに見たような気がした。

「歩夢、そろそろあの、アレが始まる時間じゃないか？」

「そー！　はじまるー！　なんでしってるのー!?」

「ははは、実は、この前会ったんだよ」

「だれにー？」

名前が出てこない。

困りながら目を逸《そ》らして、そこで偶然にもフィギュアを発見する。

「あの子に」

「えー!?　シアンちゃん!?　うそー！」

「本当だよ」

「ぜったいうそー！」

嬉《うれ》しそうに騒ぐ娘。

なんだか嫌われていると感じていたけれど、思い違いだったのかもしれない。

「いっしょにみよー！」

「……ああ、そうだな」

「ほんとー？　やったー！」

それから娘と一緒にアニメを見た。

おもしろいねーと度々笑顔の娘。正直、全く面白くない。どうにか娘には笑顔を返したけれど、途中から疲れを感じる程に退屈だった。

（――魂に刻まれるんですよ！）

ふと大袈裟《おおげさ》な言葉を思い出す。同時に、考えた。自分が子供の頃は、どうだっただろうか。

「あら、珍しい」

昔の記憶を検索していると、背後から妻の声が聞こえた。

「あ！　ママおはよー！」

「おはよう。どうしてパパも一緒なの？」

「あのねー！　パパねー！　シアンちゃんとあったんだってー！」

「そうなんだー、すごいねー」

娘に何を言ってるの？　と氷のような笑顔。

「ちょっと仕事でな。イベントがあったんだよ」

「はいはい、お仕事ですね」

子供に聞こえないよう小声で会話。

「朝ごはん食べる？」

「たべるー！」

「俺も食べるよ」

妻は特に表情を変えず頷いて、台所へ向かった。

その背中を追いかけようとして――邪魔だからあっちへ行って――足を止める。

ヒトは急に変わることなどできない。自分だけでも難しいのに、どうして二人が変われるのだろう。

「パパどうしたのー？」

「ん？　ああすまん、ちょっと考え事してた」

温かい気持ちになった。長い間、ずっとビジネスライクな付き合いばかりしてきた。あんな風に、高校生の部活みたいな雰囲気は、本当に久々だった。

佐藤さんは社会人としては不適合者なのだろう。しかし心には不快感とは真逆の感情が残っている。

なぜだろう、と考える。それらしい答えは出てこない。だが、忘れようにも忘れられない。今アニメで動いて喋《しゃべ》っているキャラを見る度に、嫌でも思い出すのだ。


「はい、どうぞ」

「ありがとー！」

食事の時間。

元気な娘と、にっこり笑う妻。

「はい」

「……おう」

自分の前に置かれた料理。

いつものように箸を手に取る。

――もうちょっとこう、感謝の言葉とか欲しいですね。

ドキリとして、思わず妻に目を向けた。

――仕事だからやって当たり前みたいなのダメだと思います。

「……なあ」

「なに？」

声をかける。

ほとんど無意識だった。

だから、続く言葉が出ない。

「……いや、なんでもない」

「……そう」

言うべき言葉は分かっている。ありがとう。簡単な五文字だ。悩み続けたプログラミングとは比べるべくもない。それを解決した簡単な図。あの図を描くよりも遥《はる》かに簡単なこと。それが、できないことに気が付いた。

ありがとう。たった五文字の言葉が、出てこない。

「ねーママ、パパどうしたのー？」

「さあ、どうしたんだろうね」

「いや、その、あれだ。歩夢、アニメ面白かったな」

無理のあるごまかし方。

「うん！　おもしろかったー！」

娘はちょろかった。

「そういえば、侑《ゆう》はどうした」

「まだ寝てる」

「そうか。まだ三歳だからな」

「そうね」

妻の反応はいつも通りだった。娘と話をした勢いで……そう思ったけれど、こうもあからさまに話しかけるなオーラを出されては何も言えない。それでも、日を改めて何度かチャレンジした。

結果は失敗だらけ。とても驚いた。ありがとうが言えない。簡単な言葉なのに、声にならない。


ある日の夜、妻が言った。

「ねえ、あなた最近何か言おうとしてるでしょ」

子供達はもう寝ている。

「……そう思うか」

「そうでしょ。なんでもないなんでもないって……」

まるで別れ話のような空気。

「…………」

言葉を探した。妻はしばらく待ってくれたけれど、やがて不機嫌そうに言った。

「もういい。先に寝る」

「待ってくれ」

反射的に引き留めた。今言わなければ、決定的に切れてしまう。そう思った。

「……仕事が、大変なんだ」

「ああ、そう。いつも言ってるね。だからなに」

それは不器用な、とても遠回りな導入。

「あれもこれも頼まれて、いつも手一杯だった」

しかし、一度言葉を発したことで、次の言葉がスッと出てくる。

「歩夢が言っていたこと、覚えてるか？」

「いつの話」

「アニメキャラに会ったって」

「……ああ、そんなこと言ってたね」

「その人が言ったんだよ。まるで会社の母親みたいだって。せめて感謝の言葉が欲しい。仕事だからやって当たり前というのはおかしいって」

軽く息を吸い込み、呼吸を止めて、妻の目を見た。

「どうしてか、言えないんだ。情けなくて嫌になる」

久々に見る顔は、記憶にあるよりも少し老けて見えた。

あれ、こんな顔だっただろうか。昔はもっと、そう、笑顔が素敵な女性だった。

「……ふふ」

突然、妻が笑った。

「どうした、急に」

「……だって、真面目な顔で……おかしいでしょ」

身体中が熱くなった。羞恥と、微《かす》かな怒りと、困惑。何よりハッとした。妻が笑う姿を見るのは、本当に久々だった。

「もう寝るね。ああ、おもしろ」

どこか上機嫌で立ち去ろうとする妻。

「待ってくれ！」

咄嗟《とっさ》に呼び止めて、

「いつも……いつも、ありがとう」

「あーもうやめて。ふふ、ほんとおもしろい」

「おまえな、こっちは真剣に……」

「あーはいはい。こちらこそ、いつもお仕事お疲れ様です」


それからのこと。

もちろん劇的な変化など無い。相変わらず「ありがとう」の言葉が出なくて、しかし、何も言えず見ていると、妻が思い出し笑いをするようになった。それを見て娘が「なにかあったのー?」と問うものだから、気恥ずかしくて、ごまかす。

家族に笑顔が増えた。

きっかけは、勉強するために足を運んだ塾。

きっかけは、おかしな格好で働くエンジニア。

何もかもがおかしい。

ああ、おかしくてたまらない。

これほど簡単なことが、どうして、あれほど難しかったのだろう。

後日、真のプログラマ塾は定期受講生と同時に口コミを獲得した。

コスプレに対する痛烈な批判と、指導力を絶賛するコメント。

そして最後に一言、こう記されていた。

とても、心が温かくなる塾です。

side - 崩壊の予兆

「次の予定はなんだったかね」

「はい。人事部によるアンケート結果の報告です」

「ああ、ありがとう。重要な報告だな」

大改革を開始してから一ヵ月。この日、新社長は重大な分岐点を迎えようとしていた。

「場所はどこかね」

「F会議室です」

「そうか。では、行こうか」

しかし、その表情に緊張の色は無い。成功を信じて疑わない彼は、このイベントを通過点のひとつ程度にしか考えていないからだ。この傲慢な考えが、後に彼を苦しめることになる。

＊　＊　＊

「——事前に予想された通り戸惑う声が多く見受けられます。特に多いのは、手が足りないという声でした」

プロジェクタに投影されたパワーポイント。担当者がレーザーポインタを当てながら説明する。

「続いて問い合わせの返答が無い。権限申請が受理されない。問い合わせ先が分からない。それから――」

簡素な円グラフと詳細な表。そして説明を聴きながら、新社長は頭の中で思考を巡らせる。

手が足りない点は時間と共に解決するだろう。

一方で、問い合わせ関連が混乱しているようだ。

「ありがとう、よく分かったよ」

新社長はまず担当者を労《ねぎら》う。

「さて質問だが、問い合わせが混乱していることについて、何か心当たりはあるかね」

「はい、こちらの資料をご覧ください」

想定質問。プレゼンターは用意した追加資料を提示して、説明する。

「――最後に、佐藤愛を連れ戻せ、という回答が複数ありました」

「佐藤……？」

「はい。改革以前、システム関連の業務をしていた女性社員です。現在は退職済みとのことです」

「……ふむ」

顎に手を当てて黙考する。とても不可解だった。システム関連とプレゼンターは表現しているが、改革以前、該当する組織はひとつしかない。

システム管理部。その下に課などは存在しない小さな組織。

……ああ思い出した。例の、あの戯《たわ》けたコスプレ女が居たところだ。

「システム関連というのは、システム管理部の管轄だね。あの部が管理するシステムの重要性は私も理解している。だから四人ほど配置したはずだが、手が足りていないということかね」

「……申し訳ございません、後ほど調査して回答します」

「いや、私が直接行こう」

新社長は、これが大きな問題であると認識した。同時に、内心では憤慨している。奇妙なコスプレ女が一人で管理できるようなシステムだ。そこに四人も配置したのに、どうして業務が滞ることになるのだ。

何かある。その何かを確かめる必要がある。

＊　＊　＊

「おや、二人かね」

会議の後、ちょうど三十分だけ予定が空いていた新社長はシステム管理部に足を運んだ。そこには資料を見ながら忙《せわ》しなくキーボードを叩《たた》く社員が二人。

「……？　ああっ、えっと、何かご用件でも？」

「いや、大した用では無いのだが、風の噂《うわさ》で、とても苦労しているという話を聞いたものでね」

「……ああ、はい。申し訳ありません」

「謝る必要は無いよ。状況を教えてくれるかね」

これは好機と張り切って説明する社員。この規模のシステムを二人で、しかも他の業務と兼務する形で管理するのは不可能だと、必死に訴える。

「二人？　四人ではないのかね」

「……転職しました。現在は有給消化中です」

「なに？」

新社長は微《かす》かに表情を歪《ゆが》めた。

「お願いします。人を増やしてください。このシステムを二人で管理するのは不可能です」

そんなわけないだろうと新社長は思う。しかし、それを態度で示すわけにはいかない。

「分かった。何人必要かね」

「十人。最低でも十人は必要です」

アホか、こいつ。新社長は心の中で社員を見下した。

「それは難しい。だが君の要望には応えたい。ああそうだ、この業務に集中できるようにしよう。それなら二人でも十分に管理できるだろう」

「不可能です。その条件でも八人は必要です」

「君の思いは分かった。だが、もともと一人で管理していたシステムだ」

全く嫌になる、と新社長は思う。

エンジニアという生き物は、いつも一言目に「不可能」と弱音を吐く。しかし、それは仕事から逃れるための嘘《うそ》であり、やれと命じれば「可能」に変わることを私は知っている。

もちろん口には出さない。本心を隠して、社員に告げる。

「優秀な君ならば、きっとできる。頑張れ」

肩を叩かれた社員は唇を噛《か》む。それから様々な感情を噛み殺して、絞り出すように言う。

「……分かりました」

「ああ、期待しているよ」

満足した様子で、新社長は踵《きびす》を返す。

「あの！」

「なにかね」

呼び止めたのはもう一人の社員。

やめとけ、という視線を無視して、主張する。

「佐藤愛さんを呼び戻してください」

「……分かった。検討するよ」

溜息《ためいき》を堪《こら》えて微笑《ほほえ》む。

もちろん検討などしない。きっと数秒後には忘れている。

微笑の裏側で彼は思う。実に愚かしい。一人で管理できるものが二人で管理できないわけがないのだ。

それが最低でも八人は必要だと？　あまりにも愚かだ。怠惰な感情が透けて見える。

社員達《たち》に背中を向けた後、彼は表情を歪めた。そして、振り返ることなく退出したのだった。

＊　＊　＊

「先輩、佐藤さん戻りますかね」

「……無理だろうな。あの人なら引く手数多《あまた》だろう」

「ですよね……これ一人で管理って、化け物すよ」

「そうだな」

多くの場合、大きな会社は複数のシステムを持つ。それは、異なる組織が異なる思想で開発したものであり、連携することが極めて難しい。

例えるなら、アメリカ人とロシア人、そして大阪のおばちゃんを通訳無しで一緒に働かせるようなもの。

佐藤愛が開発したオルラビシステムは、あらゆるシステムの連携を可能にした。全てのシステムが連携することにより従来は不可能だった自動化も可能になった。

自動化とは機械が全業務を完遂する魔法ではない。機械を動かすには人間による命令が必要なのだ。

もちろん命令が不要な条件もある。ヒトの判断が必要となるのは、機械的に判断することが不可能な条件だけである。この条件が、あまりにも複雑だった。

「佐藤さん、頭の中にパソコンあるんすかね」

「だろうな。きっと128コアくらいだろうな」

あらゆるシステムがオルラビシステムを経由する。

必然的に、これが止まれば全システムが停止する。

これを佐藤は一人で管理していた。開発者の佐藤愛だからこそ、一人で管理できた。しかし新社長は、後任を育てさせることなく彼女を解雇した。マニュアルがあり、一人で管理できるものならば誰にでも管理できるという判断だった。

あまりに愚かな判断。それが、今まさに大きな打撃となっている。

「……この会社、どうなるんすかね」

「どうなるんだろうな」

「……転職とか、やばいっすかね」

「そうだな。俺達も逃げるべきかもな」

思わぬ同意。後輩社員は目を丸くする。

「佐藤さん、何度か話したことがあるんだよ」

「マジすか。噂だけ知ってるんすけど、マジでコスプレなんすか」

「ああ、たまにイメクラみたいな格好してたよ。なんでこの人クビにならないんだろうって本気で思った」

「それはやばいっすね」

先輩社員は、どこか懐かしい様子で言う。

「でも、話してみると直《す》ぐに分かる。とても温かい人だ。優秀なだけじゃない。仲間思いで、周りからも慕われていた」

「……そんな人が、やめさせられたんでしたっけ」

先輩社員は頷《うなず》いて、

「噂では、彼女の同僚は全員転職したそうだ」

「全員すか!?」

「正確には異動があったから元同僚だが、同期との繋《つな》がりで色々聞いてな。ブチ切れてたらしい」

「……それ社長は知ってるんすかね」

「当然、知ってるだろうな」

「ならどうして」

「対面して分かったよ。あの人、エンジニアを何人月みたいに数字で見てるタイプだ」

あー、と後輩社員は納得した様子で声を出す。

「俺ここ来る前は派遣だったんすよ」

「中途だったのか。初めて聞いたな」

「そうでしたっけ？　まあ、その……察しました」

大きな溜息を吐《つ》いて、

「俺達をバッサリ切ったり強引に送ったりする連中って、ああいう奴《やつ》なんだろうなって」

しんみりとした言葉。

「……やっと正社員になれたのにな」

先輩社員は、返す言葉が浮かばず苦笑する。

「腹たってきました。俺達は数字じゃねぇんすよ」

「おお、いいなそれ。その通りだ。数字じゃない」

「マジほんとサーバも触れない奴が工数見積もってんじゃねぇって話っすよ。あーあ、きちんとエンジニアを評価してくれる会社、どっかにないんすかね」

「どうだろうな……」

先輩社員は口を閉じる。後輩社員も、何か思い悩む様子で俯《うつむ》いた。

「……どこがいいかな」

「何がっすか？」

「転職エージェント」

「……」

後輩社員は面食らって、数秒固まる。

「それなら俺、詳しいっすよ」

そして、笑いながら言ったのだった。

第2話 性別とか関係ないし！

「こんにちは。受講生の方ですか？」

「……ぁゎゎ」

私っ、佐藤愛28歳！　今日は合法マイク片手に男装コス決めて心はイケメンだったのにっ、事務所に入った瞬間はわわ！　女の子になっちゃった！

「ああ、名札、佐藤さん」

「……ぁぃ」

「健太《けんた》の幼馴染《おさななじみ》、だよね。よろしく、頼りにしてる」

「……ぁぃ、しゃす」

イケメェエエエエン！　何この人すっごいかっこいい！

「……ぇと、ぇと？」

「音坂翼《おとさかつばさ》。健太とは大学で同期」

名前もイケメェエエエン！　乙ゲーに出てそう！　乙ゲーに出てそう!!

「二人ともおはよう。早いね」

私の背後から現れた鈴木。その姿を見て、私は語彙力を取り戻す。

「おはよー」

鈴木、お前は最高だ。めっちゃ落ち着く。お前はそのままでいてくれよ。

「佐藤さん、どうかした？」

「……ふっ、なんでもねぇぜ」

トン、鈴木の肩に肘を乗せる私。キョトンとしている顔も見ていて落ち着くぜ。

「健太、アプリ」

「アプリ？　ああ佐藤さんの」

「うん。二時間、だよね。すごいね」

「……いやぁ」

照れますなー。私は頭をかく。

「翼と佐藤さんは初対面だっけ？」

「うん。さっき挨拶した」

イケメンは返事をすると、私に目を向ける。

「その服、すごいね。売ってるの？」

「……自作、です」

「服も作れる。アプリも作れる。神様だね」

「……いやぁ」

照れますなー。私は両頬を手でゴシゴシする。

「健太、どうすればいい？」

「スマホをパソコンに繋《つな》ぐだけ。すぐ終わるよ」

イケメンをパソコンまで案内する鈴木。そして私が教えた通りの手順でイケメンのスマホに私が作ったアプリを入れる。これはもう私がイケメンに入り込んだと言っても過言ではない。

「本当に直《す》ぐだった」

「うん。泥にして正解だったよ」

「林檎《りんご》はダメ？」

「ちょっとしんどいらしい」

タメ口で話す二人。気の置けない仲だと一目で分かる。

「……アプリ、これ？」

「そう。一応触ってみて」

動作確認を始めるイケメン。

あっ、やめてっ、そんなに突いちゃ——なんてことを考えるのは緊張をごまかすため。

作ったアプリは地図と連携したメモ帳。同じ機能を持つ高品質なアプリは無料で手に入る。しかしデータを他社の管理下に置きたくないとのことで急遽《きゅうきょ》作成した。不具合は無いと確信しているけれど、やはり目の前でチェックされるのは緊張する。

「うん、完璧。すごいね」

「だよね。二時間で作ったとは思えない」

……いやぁ。

「タッチペン、どこかに落とさないでよ」

「もちろん」

「翼のそれは信用できない」

「紐《ひも》を付ける」

「ならよし」

ああ、なにこれ尊い。

おっとりさんと世話焼きさん。ご飯が進む。

「行ってくる」

「うん、頼んだよ」

別れ際、軽く拳を合わせる二人。

私はもうお腹《なか》いっぱいだった。ソファでグッタリしていると、鈴木が隣に立って言う。

「あらためて、アプリありがとう。翼も満足してた」

「いやぁ、あれくらいなら余裕っすよ」

片手うちわでイキリ散らす私。

「それにしてもイケメンだったね。元声優とか？」

「声優？　アイドルとかじゃなくて？」

クスッと肩を揺らす鈴木。いやいや、最近の声優たまにやばいんすよ？

「でもそっか……佐藤さんはああいうのが好みか」

「めっちゃ好き。やばやばだった」

ふーん、とそっぽを向く鈴木。

「なに拗《す》ねてんの」

「拗ねてない。それより仕事の話をしようか」

「例のアレなら順調だよ。来週中には終わると思う」

「流石《さすが》、早いね」

ふふんと胸を張る私。褒められて謙遜する時代はもう終わった。

「さて佐藤さん。これから現在進行中のプロジェクトについて説明する。とても重要な話だ。これが成功するか否かで、この会社の未来が決まる」

ふむふむ、集中しよう。どうやら真剣な話っぽい。

「端的に言えば、大規模なエンジニア向けのイベント。翼と遼《りょう》は、この参加者を集めてくれている」

「大規模って、どれくらい？」

「二千。それも三日間行う」

「わぉ、なかなかだね」

エンジニア向けのイベント。この単語でパッと浮かぶのはハッカソン。技術者の短期合宿みたいなイベント。でも規模は大きくて百人程度。千人を超えるイベントだと、大企業が定期的に実施する全社員参加みたいなものしか思い浮かばない。

「人集まるの？」

「それがプログラマ塾の目的のひとつだね。実は、例の口コミのおかげで知名度が上がってる。無料体験、ぽつぽつ予約が入るようになった」

「私のおかげだね！」

――コスプレに対する痛烈な批判。

「うん、まあ、そうだね」

鈴木は大人の対応を見せた。

「評判が良ければ営業で武器になる。逆も然《しか》り。だから佐藤さん、この前みたいなことが二度と起こらないように、これからしっかり指導するよ」

「あれ、怒られる流れだった!?」

当然、と鈴木は頷《うなず》く。

「私が人前に出ないというのはどうだろう」

「それはボクも考えた。悩んだ結果、ギリギリ佐藤さんの技術力がリスクを上回った」

「ふっ、また常識の壁を破壊してしまったか」

「だから徹底的に指導するよ」

私の戯言《たわごと》を無視してマジレスする鈴木。しかし私は古き良き日本の堅苦しい伝統が苦手なゆとり世代。微《かす》かに残っていた常識はデスマーチ中に捨てた。いまさら拾えと言われても、もう遅い。

「佐藤さん、安心して。手遅れなんてことはないよ」

心を読まれた!?　でもいやだ！　更生したくない！　うざがられるくらいが丁度いい！

私は全力で抵抗することを心に誓う。そして、奇跡が起きた。

トゥルルー♪

軽快な電子音が鳴り響いた。鈴木は私から目を逸《そ》らして、音の発生源を探しながら言う。

「あれ、何の音？」

「インターホンだね。不便だからさっき付けた」

「サクッと凄《すご》いことするね……ちょっと出てくる」

「いてらー」

鈴木は一度立ち止まる。

「聞かれたこと以外は何も言わないでね」

「はーい」

「復唱して」

「わたくしは、聞かれたこと以外何も言いません」

よし。鈴木は納得した様子で呟《つぶや》いて、ドアを開ける。

そこには、一人の女性が立っていた。

「こんにちは。ご予約の方でしたか？」

「いえ、飛び入りです。いいですか？」

「ええ、歓迎しますよ。どうぞどうぞ」

「………」

なんだか女の人が鈴木を睨《にら》んでる。

確かに鈴木は詐欺師っぽい。でも良い奴《やつ》なんだよ。睨まないであげて。

「あの、女性スタッフいませんか」

ガタッ、私は腰を浮かせる。

「私、男性が苦手なんです」

「………そ、そうですか」

ファサッ！

私は無駄にジャケットをはためかせ立ち上がる。

「……佐藤さん」

まだそっぽを向いておく。

私は頼まれるまで何も言わない約束なのである。

「……おねがい、します」

聞こえないなー、と言いたいけれど、やめよう。私にも最低限の常識はある。そしてコスプレ中は、私自身が推しなのだ。辱めるようなことはできない。

「はーい、今行きまぁす」

推しの魂を胸に、私は接客を始める。

「ようこそ子猫ちゃん。担当の佐藤でぇす」

女性の顎に手を当て、ウインクしながら言った。

「…………はい？」

と小首を傾《かし》げる女性。

私は……うん、まあ、土下座しますね。いやその、このコスプレがですね、そういうキャラでして……鈴木さん、すみません、頭抱えないでください。あとでちゃんと研修受けます。

「それヒフコスですよね」

「わかりみ!?」

「ちょっとキャラが解釈違いです」

――奇跡は、二度起きる。

「まあ男よりましです。お願いします」

唖然《あぜん》とする鈴木。

私は推しに感謝しながら接客を始めたのだった。

＊　＊　＊

「あのさ、この資料、これ伝わると思ってんの？」

私は男性が嫌いだ。

特に、このクソ課長が大嫌いだ。

「まあ女じゃこんなもんか。もういいよ。あとは直しとくから」

何かある度に「女だから」と見下される。このご時世によくこんなことができるなと思うけれど、私が何か訴えても社内政治で封殺される。クソ課長が持つ唯一の特技だ。

「――以上が、私の提案です」

ゲーム会社。新しい企画の発表会。

情報系の学部を卒業した私はプログラマ志望だったけれど、いつ休むか分からない女には厳しいという理不尽な理由でプランナーに回された。即座に転職を考えたものの、それでは経歴に傷が付くと考えて一年は残ることにした。

ヒトも環境も何もかも最悪な職場だけれど、大好きなゲームの企画を考えるのは楽しい。それなりにやりがいを感じていた。

負けず嫌い。何事もやるからには全力。

この日のプレゼンは、かなり自信があった。

しかし結果は落選。一票も入らなかった。

選ばれたのはベテラン社員による意味不明な企画。

「おぅ本間《ほんま》、プレゼンおつかれ」

プレゼン後、クソ課長に声をかけられる。

「まあ妥当な結果だったな。全く内容が伝わってこなかった」

「……そうですか」

無視して仕事を片付ける。先輩達《たち》から次々と押し付けられるから、業務時間内に終わらせるだけでも精一杯なのだ。ハラスメントに付き合っている余裕は無い。

「良かったら俺が教えてやろうか？」

「結構です」

無遠慮に肩に触れた手を払う。

「……おい、なんだそれ。はぁあ？」

私は仕事を中断してクソ課長に目を向けた。すると予想通り睨まれていたので、睨み返して言った。

「セクハラですよ。社会的に死にたいんですか」

セクハラ、という声を大きくした。

クソ課長は顔を真っ赤にして、ハッ、と吐き捨てるような声で言った。

「女は何かあれば直ぐにセクハラ！　こっちは指導してやろうって言ってるだけだぞ!?　あ!?」

「パワハラです。管理職研修どうなってんですか。仕事の邪魔なので話しかけないでください」

「テメェなぁ!?」

一際大きな声で叫んだところで周囲が止めに入る。

「本間さん、抑えて」

「私は正しいことを言っただけです」

諭すような口調で、男性社員は言う。

「課長はまぁ、あれだけど。君もほら、もう少し言い方があるでしょう」

無視して仕事を続ける。

言い方。私が最も嫌いな言葉だ。

だっておかしい。どう考えても私が正しい。それなのに、悪意あるクズに対してヘラヘラ笑って上手に付き合うなんて無理だ。絶対に嫌だ。

「……この際だから言うけどさ、君のプレゼン、あれ普通なら通ってたよ」

思わず手が止まる。

男性社員は、退屈そうに言った。

「もう君も子供じゃないんだからさ。よく考えて」

──社内政治。

あのクソ課長が持つ唯一の取り柄。

「……見てるだけですか」

拳を握りしめて、問いかける。

「いや、だってほら」

彼は当たり前のように言う。

「なんかメリットある？　どうせ直ぐやめるでしょ」

あ、この仕事よろしく。大量の書類を置いてどこかへ行くクソ男。この書類は、もちろん私が処理すべきものではない。しかし無視すれば私が仕事を放棄したことになる。そういう環境が出来上がっている。

唇を噛《か》んで手を動かす。

この日の私は、終電を逃した。

「……早く辞めたい」

帰宅後、部屋の隅で膝を抱えて呟いた。

最近こんなことばかりだ。嫌になる。

我慢すると決めた一年は、もう終わった。私は二年目を迎えると同時に今の会社を辞める予定だった。

だけど私は、まだ転職活動を続けている。一秒でも早く辞めたいのに、転職先が決まらない。

私には金銭的な余裕が無い。だから次が決まるまで、我慢するしかない。

「……負けるもんか」

これは戦いだ。

「……絶対、負けるもんか」

歯を食いしばって、心に蓋をして、また明日を生きる。

されども転職先が決まらない。不採用の文字を見る度に、まるで存在を否定されたような気分になる。

次がある。大丈夫、きっと大丈夫。

——不採用。

慎重に検討しました結果——

誰も私を必要としていない。私を求めている場所なんて、どこにもない……ああそうか、そうなんだ。

ここが最悪な場所なんじゃない。私が、その程度の人間なんだ。こんな場所でしか、私は……

……負ける、もんか。

心にともした炎が、消えかけていた。

その張り紙を見つけたのは、ちょうど、そんな時だった。

……真のプログラマ塾？

ダサい。でも気になった。転職先が決まらない原因は、きっとスキル不足だ。しっかりと学びスキルを高めることができれば、違う結果が得られるに違いない。

詳細を見る。未経験NG、無料体験あり。場所は、ここから徒歩五分のところ。

ふらふらと、足を運んだ。何か具体的な目的があったわけじゃない。ただの気まぐれで、だけど藁《わら》にも縋《すが》る思いだった。

――何年経《た》っても思い出す。この時の決断が、私の人生を大きく変えたのだ。

＊　＊　＊

「大変、だったね」

ソファに人影がふたつ。

まるでホストみたいなコスプレ衣装の佐藤と、彼女の膝に頭を乗せる小柄な女性――本間百合《ゆり》。

話を聞き終えた佐藤は耳元で囁《ささや》くようにして言った。その短い言葉が、百合の感情を震わせる。

「……そう、なんですよ」

優しい声が、全身に染み渡る。

「……がんばったんですよぉ！」

押し殺していた言葉が溢《あふ》れ出る。

「誰にも言えなくてっ、負けたくなくてっ、一人でずっと、ずっと……っ！　うわぁあああ！」

「よしよし。偉いね。強いね。大変、だったね」

ホストのような衣装で、しかし聖母のように百合を癒やす佐藤。百合は、これまで溜《た》め込んだ感情を一気に放出するかのように叫ぶ。

「打ちのめしたい！」

「そうだね。ブチ転がしたいね」

「ありとあらゆる絶望を与えたい！」

「うんうん分かるよ。ムキムキマッチョで穴さえあれば構わない鬼畜の巣に放り込んで感度３０００倍まで開発したあと一般社会に戻してあえて幸せな生活を提供することで普通の生活じゃ満足できない身体になったことを痛感させてから紛争地域に派遣したいよね。秩序が存在しない集団の玩具《おもちゃ》として感情を失うまで遊ばれた後で奇跡的に救われて長い時間をかけてようやく感情を取り戻したところで裏切られて絶望して紐無しバンジーみたいな人生を歩んでほしいよね」

「生温《なまぬる》いですよそんなの！」

「よしよし限界だね。殺意が強過ぎるね」

部屋の隅でガタガタ震える鈴木。

しかし佐藤は、百合から放出された禍々《まがまが》しい憎悪を真正面から受け止める。

「でもね百合ちゃん。人を呪わば穴二つだよ」

「うるさい！　凌辱《りょうじょく》されたら穴三つですよ！」

「おエロいこと。もうちょっと感情抑えようね」

「無理ですよ〜！」

佐藤のコスプレ衣装を涙と鼻水で汚す百合。

しかし佐藤は、笑顔を崩さない。

「百合ちゃん、転職活動してるんだよね」

「……そうです」

「とっても正しいよ。でも、このままだと次も同じことになっちゃうかも」

「……なんでですか？」

あのね、と囁いて。

「百合ちゃん。今の職場で、相手のこと、一度でも好きって言った？」

「言うわけないじゃないですか」

「どうして？　その人は、最初に会った時から悪い人だったの？」

「……そうですよ。当たり前じゃないですか」

最初から嫌な感じがしていた。

相手を馬鹿にするような悪意が滲《にじ》み出ていた。

「じゃあ、その人にとっても、百合ちゃんは最初からいじめたくなるような子だったのかな」

「……それは」

分からない。分かるわけがない。

「百合ちゃんは、人に好かれたい？」

「……それは、まあ。可能なら」

「なら、こっちから好きって言わなきゃだよ」

「……っ」

とても胸に刺さる言葉だった。言われてみれば、誰かに好きだと伝えた記憶がない。もちろん、態度で示すことはあった。尊敬できるような人には相応の態度を見せた。

しかし、言葉にしたことは、一度も無いような気がする。

「次の場所では、積極的に好き好きしよう」

「……でも、男なんて」

「関係ないよ、性別なんて」

佐藤は、上を向いた。

その目に映るのは過去。仲間と一緒にオルラビシステムを開発した日々のこと。

「一生懸命頑張ってるときは、性別なんて関係ない」

「……佐藤、さん」

出会ったばかり。今日初めて話す二人。しかし、何かが通じ合う。初めて読んだ小説の登場人物に感情移入するみたいに、これまで必死に生きた人生経験が、見えないところで重なり合う。

「じゃん！」

「わっ、急にどうしましたか？」

佐藤が見せたのはスマホ画面。

「……ゲーム？」

「うん。これ前の仕事辞めた直後の現実逃避先だった神ゲーなんだけどね？」

「ちょっと待ってください前振りが重いです」

「待たない！　これ作った会社、実はスタートアップで新人を募集しているのだよ」

へー、と興味を示す百合。

「売り込もう！」

「……でも、通用するかな」

百合は不安を口にした。彼女は失敗の連続で自信を失っている。スタートアップと聞いてイメージするのは情熱と実力を持った集団であり、自分が通用するとは思えなかった。

「自己PR用のアプリ作ろう！」

「……でも、作る時間ないですよ」

それは彼女が抱える最大の悩み。

転職活動をするにも金が要る。今の生活を維持するだけでも金が要る。だから次が決まるまで、今の場所から逃れられない。新しいことを始める時間の余裕なんか、どこにもない。

「アルバイトしよう！」

「……アルバイト、ですか」

百合は目線を下に向けた。その選択は、プライドが許さない。

「……なんか、惨めじゃないですか」

「どうして？」

「だって私、さっさと転職決めてクソみたいな職場を捨ててやるって……大学も卒業してるんですよ？」

「いいじゃんそんなの！」

佐藤はきっぱりと言った。

「でもっ……逃げじゃないですか？」

百合は食い下がる。

佐藤はゆっくりと首を横に振る。

「逃げてもいいんだよ。だって、このまま苦しいが続いたら、歩けなくなっちゃう。でも今ならまだ間に合う。今だから、まだ間に合うんだよ」

「……でも」

負けるもんか。それが彼女を今日まで支えた感情。擦り切れた心にひとつだけ残っているもの。だから譲れない。簡単には、気持ちを変えられない。

「争いは同じレベルの者同士でしか起こらない」

アニメで聞いた言葉なんだけどね。佐藤は前置きをして、

「立ち止まって邪魔をするような人に構うなんてアホらしいよ。道を変えよう。ちょっと後戻りするか

もしれないけど、大丈夫。前を向いていれば、今よりもっと先に行ける。私がそうだったから」

「……今より、先に」

百合は顔を上げる。

佐藤は優しい表情で見つめ返す。

「百合ちゃんなら、できるよ」

「……佐藤、さん」

百合の瞳に光が灯《とも》る。

佐藤は、満足そうな様子で言う。

「よっしゃ！　アプリつくりゅ、作るよ！」

「もう、そこ噛まないでくださいよ」

ふふ、と初めて笑みを浮かべる百合。

それを見た佐藤は、子供みたいに目を輝かせる。

「泥と林檎、どっちか経験ある？」

「泥なら、趣味で何度か」

「じゃあそれ！　アイデアは何かあるかな？」

「ええっと、没になった企画で、いくつか」

「じゃあそれ！　やるぞ～！」

「……お、おー！」

二人はアプリを作り始めた。その様子を鈴木は陰から見守っていた。

……また、はぐらかされそうだな。

お客さんのプライベートにガッツリ介入する。それは会社としてありえない対応だ。それで相手が今より悪い状況になった場合、どう責任を取るのだろうか。

――鈴木を苦しめていた問いのひとつ。

世界を変える。鈴木は佐藤にそう言った。

相手の心に寄り添いたい。鈴木が最も大事にしていること。

しかし、常識が邪魔をする。理想を実現するには多くの壁がある。

きっとこれは、ひとつの正解なのだろう。目を細めてキーボードをカタカタ叩《たた》く本間百合と、隣であれこれ指導する佐藤愛。二人の様子を見て、鈴木は思う。

……本当に、すごい人だ。昔からずっと、君は変わらないね。


「あの、今日は本当にありがとうございました」

「ううん、アプリ完成しなくてごめんね」

「いえそんな……あとは、頑張ります！」

「うん。私ここに居るから、いつでも受講してね」

「はい！」

ところで、と百合は前置きをする。

「ジャケット、脱いでもらってもいいですか？」

「いいよー？　どしてー？」

普通にジャケットを脱いだ佐藤。

目が合う。百合はクスッと肩を揺らして言う。

「やっぱり、解釈違いです」

立ち上がる。

振り返らず、前を向いて歩き始める。

途中、鈴木が呼び止めた。一応、この塾は慈善事業ではない。だからビジネストークをする。アンケートの依頼や受講の勧め。男が苦手だと言った百合は、しかし素直に話を聞いた。

性別なんて関係ない。一生懸命頑張ってるとき、人は前だけを見ている。

――私は、これから遠回りをする。まずは仕事を辞めて、アルバイトを始めて、アプリを完成させて、再就職。いや、いきなり面接を受けてもいいかも。どうしようかな〜？

とにかく、やることがいっぱいある。あのクソ課長に勝つとか負けるとか、もうどうでもいい。というか、あの職場もう私が居なきゃ回らないでしょ。そうだよそうに違いない。さんざん仕事を押し付けやがって、ざまあみろ。あー、それが見られないのはちょっとだけ残念かな。でも、もう考えないことに決めた。だって、あんな連中に頭を使う時間がもったいない。やるべきことが決まったのだから。私は、今よりもっと、前に進むんだから！

＊　＊　＊

本間百合が帰った後のこと。鈴木は、やり切った表情の佐藤に問いかける。

「佐藤さん、さっきの……私がそうだったからって、前の職場の話？」

「えっと……あー、あれね」

佐藤は自分の発言を思い出して、

「プログラミングって頻繁にハマるんだよね」

「……ハマる？」

「進まなくなるってこと」

「……ああ、なるほど」

嫌な予感がした。

佐藤はハキハキとした口調で続ける。

「もうダメだって思った時は、速攻で切り替えて別の方法試すと案外上手《うま》くいくんだよね」

「……つまり？」

「プログラマ塾だからね！　心構えも教えないと！」

鈴木は思う。

「……まさかとは思うけど、今日みたいな対応、初めてじゃなかったりする？」

「あんなの日常茶飯事だよ～」

心の底から思う。

「自慢するとね！　私がコスプレ始めてから一人も入院してないんだよ！　聖女様とお呼びなさい！」

「……そっか」

聞かなければ良かった。

＊　＊　＊

「呼び出された理由、分かる？」

「……残業時間が、伸びた件でしょうか」

社内に数多《あまた》ある会議室のひとつ。

数々のハラスメント行為を繰り返していた課長は、普段あまり顔を出さない部長に呼び出されていた。

組織的な問題があった。課長——原《はら》が所属する組織は、彼以上の権力を持つ存在の目に届かないようになっていた。いや、そうなるように原が社内政治を繰り返した。

原は信頼されていた。多くの実績があった。課長に就任してからも、きちんと結果を残していた。課の残業時間も少なく離職率も低かった。だから部長は、彼からの定期的な報告を信頼して、しっかり管理できていると判断していた。

「先月、新人が辞めたらしいじゃん」

「……ああ、ええ。我が強く、他者との衝突も多い。何かと問題のある社員でした。私も仲裁に入るなど努力したのですが……力及ばず、忸怩《じくじ》たる思いです」

よくもまあ、舌が回るものだ。

全てを知っている部長は内心そう思った。

――退職代行サービス。

課の離職率が低いのは、これまで社員の退職を受け入れなかったことが理由だった。

原は本間百合の退職願を突っぱねた。結果、百合は退職のプロを派遣した。それは社外の人間。法律関係にも強く、原の政治力を以《もっ》てしても退職を阻止することができなかった。屈辱的ではあるが、大した問題ではない。新人が一人辞めただけであると、原は思っている。

「信じたくなかった」

部長は残念そうに言う。

「長い付き合いだ。本当に信頼していた」

原は鳥肌が立つのを感じていた。

全身が痛いくらいに警鐘を鳴らしている。

「降格処分になったよ。俺がね」

原は押し黙る。処分の理由は分かる。しかし頭が理解を拒む。

おかしい。ありえない。こんなことは絶対にありえない。

「ちょうど課長の枠がひとつ空くからさ」

「……それは、その」

部長は、獰猛《どうもう》な肉食獣のように原を睨む。

「おまえ、島の名前いくつ言える？」

「……島、ですか」

「そう、島だよ。実は俺、いくつかの島に工場持ってんだよ。まあ工場ってほど立派じゃねぇけどさ」

「あのっ、部長っ、チャンスをください！」

原は真っ青になって提案する。

「大丈夫、寂しくねぇから。おまえの大事な部下も、ちゃんと一緒に送ってやるから安心しろ。おまえをかわいがってくれる兄ちゃんも沢山いるから」

「必ず連れ戻します！」

「できんのかよ」

「必ず！　全て、揉《も》み消してみせます！」

原は必死に命乞いをする。部長は憐《あわ》れむような目で、それを聞いていた。

＊　＊　＊

「これチェック終わり。よくできてるよ」

佐藤さんと出会ってから一ヵ月。

現在の私は、彼女に紹介されたゲーム会社で働いている。

「質問よろしいですか」

「うん、いいよ」

「現在テスト中の新ステージですが――」

中学、高校時代の部活を思い出させる職場だった。

平均年齢は三十歳前後。私を含めて十二人の社員が、朝から夜まで働いている。

「最後にひとつ。ゲームバランスについて提案があるのですが、本日の十五時から一時間頂けますか？」

「いいよ。時間あけとくね」

「はい。では後ほど」

振り向いてから、あくびをかみころす。最近、とても寝不足だ。仕事の量も質も前の職場とは比にならない。当然、残業時間が増えた。さらに言えば給料も減った。数字だけ見たら最悪だ。

……ええっと、残りのテスト項目を終わらせた後で例の資料をまとめて、それから仕様変更が……ああもう！　仕様変更多過ぎ！

内心で不満を叫びながら、席に戻ろうとする。

「佐藤さん、あとで時間貰《もら》えるかな？」

「うん、了解。チャットする」

佐藤さん。その名前を聞いて、足を止めた。

もちろん別人である。日本で最も多い苗字《みょうじ》、耳にするのは珍しくない。

ただ、ふと思い出した。

——次の場所では、積極的に好き好きしよう。

振り返る。ほとんど反射的に、声を出す。

「あのっ、渡辺《わたなべ》さん！」

「ん？　まだ何かあった？」

「いえその……」

……いやいや無理無理。言えるわけないじゃん。

仕事中に？　突然？　好きとか？　無理無理無理ゼッタイ無理。

「……その、ですね」

しかし、どうしても考えてしまう。先程の自分の態度は、どう思われたのだろうか？

まるで機械みたいに事務的な言葉だった。

確かに忙しくて、雑談をする余裕なんかない。それでも——

「……確認、ありがとうございました」

「あはは、なにそれ。べつにいいのに」

「いえ、こういうのは、しっかり伝えるべきかなと」

「そっか。本間さんこそありがとね。優秀な人に入ってもらえて嬉《うれ》しいよ」

「恐縮です」

顔が熱い。

ムズムズする。

「私も、その……」

それでも、どうにか伝える。

「仕事が早いのは、とても……好ましく思います。今後ともよろしくお願いします」

「……あはは、急にどうしたの。ツンデレ？」

「わ、笑わないでください！」

ツンデレ！　と周囲も煽《あお》る。

私は全方位に「うるさい！」と子供みたいに言い返して、

「お手洗い行きます！」

本当に、おかしい。みんな成人しているはずなのに……なんなんだこれ。

本当に、おかしい。こんなの知らなかった。仕事って、こんなに楽しかったんだ。

——着信、非通知。

一応、本当にお手洗いへ向かった。そこで鏡を見て表情を落ち着かせていたら震えたスマホ。私は少し悩んでから応答する。

非通知なので、こちらからは声を出さない。

少し待つと、男性の声が聞こえた。

「あの、こちら本間さんのお電話でしょうか？」

「はい、本間です」

知り合い？　誰だろう。

「お久し振りです。わたくし、原と申します。率直にその、大変申し訳ありませんでした」

原……？　えっ、クソ課長!?

うわうわうわ、気持ち悪い。全然口調違う。

「目が覚めました。どうか、直接会って謝罪させて頂きたい」

うわうわうわ、オレオレ詐欺の方がまだ信用できるよ。なにこれ怖い。

「いや普通に無理ですけど——あっ」

「……っ」

やっば、思わず素で返事しちゃった。

電話の向こうでキレてるだろうなこれ。

「……」

息を吐く音。

「そうですよね。わたくしの所業を考えれば、当然の返事です。しかし、神に誓って、生まれ変わります。だからどうか、どうか謝罪の機会をください」

涙声のクソ課長。

いやあんた神様とか信じてないでしょ。

「本間百合さん。本当に、ほんっとうに、申し訳なかった。わたくしが、悪かった」

正直、ここまで必死に謝罪されれば、まあ話くらいは聞こうかなという気分になる。当時の……ほんの一ヵ月ほど前の私は、あらゆる絶望を与えたいと思っていた。その感情は、多忙だけど充実した日々を送る間に——どうやら、全く変わっていなかったらしい。

「電話切っていいですか？」

「待ってくれ！」

あえて、直球。予想が正しければ、このクズは同情を誘うために自分が受ける処分について話す。それが聞きたい。このクズがどうなるのか知りたい。

——人を呪わば穴二つだよ。

佐藤さん、ごめんなさい。

私、今だけ悪人になります。

「家族が、いるんだ」

はあ、と気のない返事をする。

「君が戻らなければ離れ離れになってしまう」

「出向ってことですか？　どこに？」

「……どこかの、島だ」

咄嗟《とっさ》に唇を噛んだ。ギリギリだった。あとコンマ一秒でも遅れたら吹き出していた。

だって、笑うでしょ。

島流しって、そんなことある？

「頼む。俺が悪かった。なんでもする。娘がもうすぐ中学生なんだ」

「そうですか。それは大変ですね」

「一千万でどうだ？　他にも例えば、本間の企画を通すことだってできる。なんでもいい。望みを言ってみてくれ」

「望み、ですか」

私は少し考えて、

「ビデオレターください」

「……は？」

「島での生活風景とか」

「待て、考え直せ。なんでもだ。お前の望みをなんでも叶《かな》える！　本当だ！」

あまりにも必死な課長。なんだか可哀想《かわいそう》に思えてしまう。だから私は、もう終わらせることにした。

「課長、聞いてください」

「なんだ？　何かあるのか？」

すーっと息を吸う。

スマホに口を近付けて、私は言う。


「ざまあみろ」

直ぐに電話を切って、着信拒否。非通知も拒否。

スマホを胸ポケットに入れて、ふと鏡に映る自分を見る。

「……めっちゃニヤニヤしてる」

堪《こら》え切れず、笑う。大笑いする。もしも他に誰か入って来たら、どう説明しようか。知らない。どうでもいい。だって、こんなの、笑うしかない。愉快だ。本当に愉快だ。嬉しいのに、涙が止まらない。

「……やばい。化粧崩れる」

つらかった。本当につらかった。

先が見えなくて、転職が決まらなくて、誰も助けてくれなかった。

だけど私は、笑えている。前に進めている。

それが誇らしい。途方もなく、嬉しいのだ。

＊　＊　＊

「お、ツンデレちゃん戻って……ごめん、泣くほど嫌だった？」

「え？　ああ、これは違います」

私は微妙な空気になった職場を見渡して、えっへんと胸を張る。

「ちょっと好感度上げすぎちゃったかなと思ったので、顔面偏差値下げてきました！」

「ははは、なんだそれ」

「皆さん笑い過ぎです。サボってたらまた残業ですよ！　仕事仕事！」

学校の部活みたいな雰囲気。

私は自席に戻って仕事を再開する。

「とても良い職場だね」

「……えぇっと」

隣の人に声をかけられた。

……このおじさん、誰だっけ。

「ああ、すまない、ついね。気にしないで」

「いえその……ああ、松崎《まつざき》さん」

名札を見て思い出す。直接話したことは無いけれど、私の少し前に転職してきたエンジニアのことを聞いた覚えがある。

「確か、転職したばっかりなんですよね？」

「誰かから聞いたのかな？」

「渡辺さんが面接の時に話してました。最近強い人がいっぱい転職してるけど、何かあったのかなって」

「あはは、強い人か。なんだか恐縮だね」

松崎さんは手を止めて、何か思い出すように顔を上げた。

「社長が替わってね。それまで一番頑張ってた人が解雇になった。それでカチンと来てね。今風に言うと、激おこぷんぷん丸だった」

微妙に古い。しかし私は「なるほど〜」と話を合わせた。茶化せる雰囲気の話ではない。

松崎さんは寂しそうな顔をしたあと、急にハッとして、悪戯《いたずら》をする子供みたいな態度で言う。

「まあでも仕方ない部分もある。その解雇になった人、なんとコスプレして働いていたんだよ」

「コスプレですか」

思わず笑う。仕事中にコスプレなんて——まあ、あまり珍しくないかもしれない。

「実は私も、コスプレが転職のきっかけでした」

「それは面白い偶然だ。詳しく聞けるかな？」

「そうですね。なんていうか、すっごく低クオリティなコスプレ衣装で、設定もガバガバ。全くキャラ愛が感じられない。なんだこいつって思いました。ほんと第一印象最悪だったんですけど——」

私は、佐藤さんについて話をした。これがきっかけで、ときどき松崎さんと会話するようになった。

松崎さんは、他の社員と比べて一回り年上だ。その分ものすごい技術を持っているけれど、他の社員と話題が合わない。だから会話に交ざれず寂しそうにしていることが多かった。その姿が、なんだか過去の自分と重なって見えた。私は積極的に声をかけた。分からないことを質問したり、逆に私が若者文化——例えばＳＮＳを教えたりした。

新しい居場所。

学校の部活みたいな職場。

最初に作ったゲームが奇跡的にヒットして、二作目はもっと頑張ろうと盛り上がっている。そのゲームは現在の人数で作るには規模が大きくて、毎日のように残業。一部の人は会社に住んでゲームを作っている。

正直、体力的にはつらい。いつも眠い。
目の下が日に日に黒くなっていく。
だけど、そんな日々が楽しくて仕方ない。
本当に、とても、とても、楽しくて仕方がない。

side - 優秀なエンジニア

「なっ、あの二人も転職するのかね!?」

秘書からの報告を受け新社長は驚きの声を上げた。

「申し訳ありません！」

「いや、謝る必要は無い。驚かせて悪かった」

深呼吸ひとつ。彼は努めて冷静な口調で、現状を分析する。

「あれは社内の心臓とも呼べるシステムだ。私の記憶が確かならば、無人でも八割の業務には影響が無い。問題があるのは、残り二割の業務。これについて何か訂正はあるかね」

「いえ、仰《おっしゃ》る通りです」

新社長は冷静に分析を続ける。

「これを放置した場合はどうなる」

「……最悪、赤字転落も有り得るかと」

「ふむ」

就任後最初の決算で赤字転落。これは株主の印象が悪い。組織編成見直しによる一時的な損失を計上したなど言い訳は無数に思い浮かぶが……そうだ、取締役会議もある。改革の際には誰もがイエスマンだったが、赤字転落後も同様となる可能性は低い。

即《すなわ》ち根本的な問題を解決しなければ未来は無い。

「他部署から回せる人材はゼロ。ならば外注だ」

「お言葉ですが、強引に契約を切ったばかりです。直《す》ぐには難しいかと」

「どれくらいかかる」

「少なくとも、一ヵ月ほど」

ふざけるな。

唇を噛《か》んで言葉を飲み込む。

「まずは、四人を強制出社させろ。業務が停止するような状態で、有給取得など認められるわけがない。これで退職まで一ヵ月は猶予がある。それまでになんとかする」

「承知しました、直ぐに手配いたします！」

「ああ、頼むよ」

慌てて社長室を退出する秘書。

「いや、待て」

「何か？」

新社長は秘書を呼び止めて、大きく息を吸う。

「認めよう。私が間違っていた」

「……と、仰いますと？」

苦虫を噛み潰したような表情で、彼は言う。

「佐藤愛を呼び戻せ。どんな手を使っても構わない」

「はい、承知しました」

失礼します。そう言って秘書は退出した。

新社長は一人になると、目を閉じて脱力した。そして数分後、急にドンッと両手で力強く机を叩《たた》いた。

「ふざけるな!!」

それは、逃げ出したエンジニアに対する怒り。

「たった二割の業務だぞ？　これまで一人で管理できていたものだぞ？　それを二人で管理できないばかりか逃亡だと!?　馬鹿げてる！」

佐藤が同僚と共に作り上げたシステムは、無人の状態で八割の業務を処理している。これが如何《いか》に非現実的であるかは、少しでも知識があれば理解できる。しかし彼にはそれを判断する能力が無い。

たった二割。そう思っている。しかし、その二割はただの二割ではない。八割の業務を無人で処理するようなシステムを以てしても、完全には自動化できなかった業務なのである。

……おのれ佐藤愛。ふざけたシステムを残してくれたものだ。

故に彼は納得していない。しかし現状を客観的に分析することで、自分が何か間違っているのだと判断した。だから、佐藤を憎悪しながらも、呼び戻すことを決断した。

経営者が判断を感情に委ねることは許されない。想像できるだろうか。その判断ひとつで、時として十億、百億という金が動く。その金が数千、数万の従業員を不幸にも幸福にもする。もちろん、自らの将来も左右する。

故に彼は合理的に物事を判断している。ふざけたコスプレ女が一人で管理できるシステムを二人で管理できないなど絶対にありえないのだ。しかし、どうやら逃げ出した四人のエンジニアは違う判断をしたらしい。故に彼は自身の失敗を認めた。

彼は決して無能な経営者ではない。

ただ、無知なのである。彼はエンジニアという生き物について、どうしようもなく無知なのだ。

……本当に佐藤愛でなければ管理できないのか？

自分に問いかける。答えは否だ。しかし現実は違う。ならば理由があるはずだ。佐藤に可能で、配属した四人あるいは二人には不可能だった理由があるはずだ。そんなもの、ひとつしか思い浮かばない。

「……要するに、スキルが必要なのだろう？」

＊　＊　＊

彼の名前は神崎《かんざき》央橙《えいと》。いわゆるインフルエンサーである。32歳という若齢ながら、既にひとつのスタートアップを上場させ、その事業を売却した資金で現在は海外に挑戦している。

絵に描いたような成功者。

ＳＮＳでは技術者を中心としたフォロワーが百万人を突破しており多大な影響力がある。

彼自身は本業をＡＩエンジニアと認識しており、起業家としても活動する理由については「満足できる会社がないから」と公言している。

このような発言、普通なら叩かれる。しかし実績が伴えば、人生で一度は言ってみたい言葉となりファンも絶賛する。逆に調子に乗るな、天狗《てんぐ》になっていると叩けば「嫉妬乙ｗｗｗ」とファンから煽《あお》られる。まさに無敵の存在。

現在、神崎は日本に帰国していた。海外で立ち上げた事業が軌道に乗り、日本に展開すべく設立したジョイントベンチャーを指揮するためである。

彼の朝は早い。顔を洗い、歯を磨く間にもメールをチェックする。もちろん業務時間内ではない。彼にとって仕事と人生は切り離せないものであり、仮に医者に止められようと休むことは無いだろう。

彼が最も尊敬する人物は、医者から余命宣告を受けながらも仕事を続け、病気を気合いで乗り越え、今では世界を代表するグループのトップに立っている。

「っかー、俺も早く行きてぇな。その高みまで」

お調子者の神崎央橙。バカと天才は紙一重という言葉があるけれど、彼も例に漏れず頭のネジがいくつか外れたタイプだった。

「……おん？」

ひとつのメールを見て、手を止める。

「オルラビ……なんか聞いたことあんな」

彼はＳＮＳでフォロワーに問いかける。

なあ、誰かオルラビシステムって知ってる？

「リプあっかな？　とりまメールは星つけとこ」

スマホを置いて、軽くシャワーを浴びる。

シャワーを終えた後、ドライヤーで髪を乾かす間にもメールをチェックする。

やがて同じ服が何着も入った籠から一着を手に取り、着替えながらリビングへ向かう。リビングに到着すると、片手でトーストなどの簡易的な朝食を用意して、一人で使うには広いファミリー向けのテーブルで食事を始めた。もちろん、この間、一度もスマホを手放していない。

メールの処理。彼はこれを宝探しと呼んでいる。

大半は返信不要でどうでもよい内容。しかし、稀《まれ》に思わず二度見するような内容がある。

故に、宝探し。普通に行えば退屈なメール処理もゲームのように楽しむのが彼のマインド。

「さーて、オル……なんだっけ？　あれの返信あっかな」

メールの処理が終わった後でＳＮＳを確認する。

ほんの三十分ほど前のつぶやきに返信が八つ。半分はクソの役にも立たない返信。三つはネットで検索した結果。ちょっと有益。そして、残りのひとつは——

「めっちゃ面白いじゃん」

その返信に「いいね」して、例のメールの署名に記された電話番号に連絡する。果たして当日の午後、彼はＲａＷｉ株式会社へ足を向けることになった。その前後で彼は複数のつぶやきを繰り返す。

『例のシステム見てきます』

『マジで興奮する。なんも分からん』

『流石《さすが》に詳細は書けないけど、マジでヤバい。新世界。時間あれば一日中ここに居たい。ないけど』

『開発者転職済みｗｗｗ　うっそだろｗｗｗ』

『めっちゃ楽しかった。さてここから仕事の時間だ』

＊　＊　＊

「あらためて、当社のシステムは如何《いかが》でしたかな？」

「まさに芸術品ですね。開発者に話を聞けないことが本当に残念です」

「それは私も同意見ですな。やはり優秀なエンジニアを引き留めておくことは難しい」

「仰る通りです」

ＳＮＳでは態度の大きい神崎も、しかし社会人。とても丁寧な口調で、新社長と会話していた。

「どうぞ、座ってください」

「はい。失礼します」

さて、どんな話が始まるのかな？

神崎は笑顔の裏で神経を集中させる。

新社長はゆったりとした口調で、話を始めた。

「神崎さんのお噂《うわさ》は耳にしております。いやぁ、その若さで素晴らしい」

「いえ恐縮です。ただあの」

神崎は笑顔のまま、指摘する。

「僕の場合、前置きとか不要ですよ。率直に話しましょ」

それは心象を悪くするリスクのある無礼な発言。

「僕にオルラビシステムを見せた目的はなんですか?」

しかし彼の声音、表情などが全く不快感を覚えさせない。

新社長は一瞬だけ面食らったものの、直ぐに笑顔を作る。

「いやはや、若い人はスピード感が違うね」

「ケースバイケースですよ。今回は僕が客ですからね。僕は礼節とかどうでもいいんすよ」

キラキラと目を輝かせて、彼は言う。

「その仕事が面白いか、面白くないか。次に儲《もう》かるか、儲からないか。僕が大事にしてるのは、これだけです」

「なるほど。実に合理的な考え方だ」

新社長は神崎の目を見る。

神崎も目を逸《そ》らさず、視線を返す。

互いの腹の内を探り合う静寂。

数秒の間隔を経て、新社長は声を出した。

「単刀直入に問う。もしもオルラビシステムが手に入るとしたら、どうする?」

「それは最高にハッピーですね」

異なる思惑が互いの脳内で展開されていく。

「条件はシンプルだ。神崎さんが、これから一ヵ月、あのシステムを管理する」

　ほう、面白い。

　そんな声が聞こえそうな表情で、神崎は眉を上げて反応する。

「恥を忍んで申し上げるのですが、後任者が誰もシステムの全容を理解できなかったのですよ。これでは宝の持ち腐れ。ビジネス利用することもできない」

　神崎は言葉を返さず、笑顔のまま何度も頷《うなず》く。

「どうやらあれは、並のエンジニアでは手に余る代物らしい」

　しかし、と言葉を繋《つな》ぐ。

「神崎さんならば、どうだろうか？」

「なるほど！」

　大きな声で言って、神崎は腰を上げる。

　その表情は、まるで宝石を見付けた子供のように輝いている。

　そして彼は、

「すんません、他を当たってください」

「……なに？」

「ああっと次の予定ギリギリでした。失礼します」

「ちょっ、待ちたまえ！　せめて報酬を聞いてからでも！」

「お疲れ様でーす」

まるで学生のように気のない挨拶をして、神崎は席を外す。

新社長は突然の出来事に驚愕《きょうがく》して、その場から一歩も動けなかった。


『萎えた』


神崎は一言だけSNSでつぶやいた。

理由はシンプル。短い会話の中で、新社長は何度も神崎の矜持《きょうじ》を踏み躙《にじ》った。

ひとつ。起業家として多忙な神崎に雇われろと提案したこと。

ふたつ。AIエンジニアに畑違いなシステムの管理を依頼したこと。

みっつ。神崎を「優秀なエンジニア」という一般化された存在として認識したこと。

要するに「誰でもいいから能力が高そうな技術者を捕まえたい」という心の声が丸聞こえなのだ。

──重大な分岐点のひとつ。新社長は、大きな敵を作った。

それは技術者を軽視するが故に生まれたミス。少しでも理解があれば避けられたはずの大失態。

「……なぜだ」

神崎が去ったあと、彼は呆然《ぼうぜん》とした様子で呟《つぶや》いた。

「……私は、何か間違えたのか？」

完璧だったはずだ。神崎央橙は好奇心旺盛なエンジニアで、新しい技術を見ると夢中になるタイプだ。

このため先にオルラビシステムを触らせた。反応は良かった。完璧な条件で交渉が始まったはずだった。

「……どいつも、こいつも」

新社長はいつも冷静であるよう心掛けている。

しかし、予想外の出来事が立て続けに起こる中で、少しずつ亀裂が生じていく。

「……まあ、いい。もともと神崎央橙は保険だ。佐藤愛さえ戻れば、それでいい」

よくよく考えれば神崎は起業家だ。誰かに指図を受けて働く条件が気に障ったのかもしれない。

佐藤は違う。ただの一般人。多少はコストが膨らむかもしれないが、金を積めば戻るに決まっている。

ならば認めよう。失敗を認めるしかない。これは損切だ。

「……さて、次の予定は何だったかな」

切り替えてスマホを手に取る。

カレンダーを見て腰を上げる。

一見すると冷静な行動。

しかし彼の表情には、隠しきれない歪《ゆが》みが生じていた。

第3話　根性論なんて、もう古い？

私っ、佐藤愛2歳！（＋300ヵ月以上）

今、お客さんの膝でバブみを感じているの！

「ひどい！」

おぎゃあ！

「ひどいよ百合ちゃん！」

おぎゃん！

「どの衣装も頑張って、頑張って作ってるの！　早着替え重視なだけなの！　一分縛りなの！　なのに、なのにぃ……ボロクソォォォ！」

「よしよし。泣かないでくださぃ」

定期受講を始めた百合。佐藤は転職に成功した旨を聞き、自分のことのように喜んだ。そして号泣した。

百合が書いた口コミ。そこに記されていたコスプレのクオリティに対する痛烈な批判を思い出したのである。果たして佐藤は、百合に慰められる形となった。

「すみません。他の方の口コミでコスプレがボロクソだったので、そういうノリなのかなって」

「えっ、じゃあ本音じゃないの？」

「いえ本音です」

うわぁあああぁ！

再び号泣する佐藤。それを遠目で見る鈴木は、もうどうにでもなれという表情をしていた。

さて、と急に泣き止《や》む佐藤。ちょっぴり真面目な顔で百合を見て言う。

「百合ちゃん、なんだかかわいくなったね」

「そうですか？　むしろクマとか酷《ひど》くてダメになったと思いますけど」

「そんなことないよ。かわいいよぉ～」

ふにゃんとした笑顔で褒める佐藤。

百合は気恥ずかしくなって顔を逸《そ》らす。

「お仕事どう？」

「周りが子供みたいな人ばっかりで大変です」

「楽しい？」

「……まあまあですね」

ツンデレちゃんは、そっぽを向いたまま言う。

「正直困ったことの方が多いですね。例えば、みんな時間管理が甘過ぎます。昨日なんか、私が指摘しなければ終電逃してましたよ」

「わーお。身体《からだ》に気を付けてね」

「そこは大丈夫です。渡辺さん——社長の提案で、水曜日が休みになりました」

「おー、週休三日制だ。すごいね」

「ただの残業時間の調整ですけど」

「えー、すごいよー」

大したことないです、と得意そうな表情。

それから百合は、ふと自分の両手を見つめて言う。

「だから体力的には余裕なんですけど……最近、何もしてないと手が震えるようになったんですよね」

「あっ、それダメ。チェンジ」

身体を起こした佐藤。

今度は百合が佐藤の膝に頭を乗せる。

「切り替え大事。リラックスできる音楽とかオススメだよ」

「ぬかりありません。推しのドラマＣＤ常備です。今もほら、ワイヤレスイヤホンです」

「あー、わかるー。落ち着くよねー」

「はい。でも足りません。だから今日は……時間ギリギリまで、膝枕してくださいね？」

まあ、と驚いた表情を見せる佐藤。

こほんと咳払《せきばら》いして、なんだか色っぽい声で言う。

「あらあら、甘えん坊さん」

「佐藤さん限定です」

そんな二人を見て、鈴木は思う。

……ここそういう場所じゃないんだけどな。

しかし、口は出さない。お客さんが満足しているなら、それでいい。従来の常識から考えれば異常な判断だが、これこそ若い会社の特権でもある。……そう、信じるんだ。お客さんの笑顔が、一番なんだ。

鈴木は目を閉じて、強い胃痛を感じながら思った。

強く生きろ鈴木。

お前は正しい、はず。

＊＊＊

佐藤が転職してから一ヵ月が経過した。

鈴木は手帳に記した実績を見ながら思案する。

これまでに獲得した定期受講生は二人。無料体験の実施回数は七回。以上の情報から成約率を計算すると、約三割。母数が不足している感は否めないが、現時点では好成績と判断して良いだろう。平均的な満足度が非常に高いので、受講生を増やすには接客数を増やすことだけ考えれば良い。

もちろん課題もある。受講生が増えた場合には「人手不足」や「定期受講したのに予約できない」などの問題が発生すると考えられる。まだ先の話だが、これらの対策も必要だ。

「粗茶でございます」

「うん、ありがとう」

スーツ姿の女性からお茶を受け取り、口に含む。

ふんわりと茶葉の香りが広がる上質なものだった。

思考再開。

今度は本命について考える。

エンジニア向けの大規模イベント。このイベントで必要な「仕掛け」は、佐藤が加入したことで順調に開発が進んでいる。イベントの参加者募集については、昨日の時点で進捗率が二パーセント程度。非常に低い数字だが、日時増加数を平滑化《へいかつか》すれば上昇傾向にあることが分かる。そしてイベント参加を成約と考えるならば、成約率は良い口コミが得られる度に上昇している。

計算する。現状を維持した場合には——

「ごめん佐藤さん、集中できない」

「えー、見てるだけだよー？」

思考中断。

鈴木はソファの背もたれに頭を乗せる。

「今日はどうしてスーツ？」

目だけ動かして隣に座る佐藤を見る。

非常に珍しいことに、どこに出しても恥ずかしくない格好をしている。

「ケンちゃんアニメとか全然観《み》ないタイプか」

「そうだね。映画くらいかな？」

鈴木はお茶を片手に佐藤の服装を見て、目を細める。

「まさかとは思うけど、それもアニメなの？」

「そだよー」

へー、と言いながらお茶を飲む鈴木。

佐藤は特にふざけたりせず、ニコニコ鈴木を見る。

「……なに？」

「なにが？」

「さっきから見てるから。何かついてる？」

「べつに。なんか落ち着くなーって」

目を逸らす鈴木。平然とした表情をしているが、実は内心ドッキドキである。

……ほんと彼女は、なにかと距離が近い。

鈴木は心の中で呟《つぶや》いて、ふんわりと佐藤について考える。

彼女は男女問わず距離が近いタイプで、他人のパーソナルスペースにグイグイ入り込む。しかし、全く不快感を覚えさせない。非常に稀有《けう》な才能だと、鈴木は思う。

とても無邪気で、裏表が無い。

常識が欠けているように見えて、きちんと相手を見ている。

その内面は、まさに鈴木が理想とするものだった。外見については、コスプレを無視すれば良くも悪くも普通で、何か特別な魅力があるわけではない。しかし彼女の無邪気な笑顔を見ていると心が軽くなる。

……この感情は、なんなのだろう。

尊敬や憧れ。あるいは羨望。近しい感情は浮かぶけれど、ピタリと嵌《は》まらない。ただ、心地良い。こんな時間が長く続けば良い。そう思った直後だった。

トゥルルー♪

インターホンが鳴る。

来客。ドアを開けた先にはスーツ姿の男性。

彼は挨拶と同時に一礼すると、名刺を差し出しながら言った。

「わたくし、オン転職の柳《やなぎ》と申します」

＊　＊　＊

【就職保証】未経験から三ヵ月で【ＡＩエンジニア】

転職市場で目にする広告。

この魅力的な広告に嘘《うそ》は無い。

繰り返す。嘘は無い。

驚くべきことに全て真実なのである。

ただし、裏がある。

ひとつ。就職保証は本当である。広告を掲載した業者は、何らかの組織から依頼を受けて人材を提供する。業者は多額の報酬を得られる。一方で提供された人材の末路は、多くの方が想像する通りである。

ふたつ。三ヵ月の学習でスキルが身に付くのは本当である。ただし、ある程度の適性を持った人材が、仕事を辞めてフルタイムで学んだ場合に限る。もちろん学習教材などは有料である。

みっつ。ＡＩエンジニアになれるのは本当である。ただし、与えられる仕事はアノテーションと呼ばれる単純作業である。ある程度インターネットを利用している方ならば、ログイン画面などで、表示された画像から信号機などを探してクリックした経験が一度はあるはずだ。それがアノテーションである。

以上がＩＴ転職業界の闇。当然、鈴木は闇を知っている。故に話を聞く鈴木の目は厳しかった。しかし現在、彼の目には涙が浮かんでいる。

――柳は、ひとりの転職希望者の話を熱く語った。

名前は洙田裕也《なめだゆうや》。年齢は三十歳。男性。埼玉県在住の派遣社員。

彼の給料はとても安い。家賃や光熱費などの固定費、奨学金、そして各種税金を差し引いた手取り額は、なんとマイナス。

彼は母子家庭で育ち、現在も母親と同居している。当然、彼の収入だけで二人が生活することは不可能。不足分は母のパート代で賄っている。そんな彼が転職を希望する理由、それは――

（……母に、ハワイ旅行をプレゼントしたいんです）

「母親の昔からの夢だそうです。女手ひとつで自分を育て、きっと多くを諦めた母。気が付けば六十歳手前。これまで親孝行など一度たりともできていない。だからどうか、どうにか、まだ母が元気なうちに、恩を返したい。これが彼、洙田裕也が転職を志す理由です……！」

鈴木は頷《うなず》く。その目から次々と大粒の涙が溢《あふ》れ出る。

「裕也は母親想《おも》いの良い奴《やつ》なんです。できることなら希望を叶《かな》えてやりたい」

柳は叫ぶ。

「でも無理なんです！　彼のスキルでは！　どうにもならない！　転職はそんなに甘くないんです！」

熱く語る柳は、顔中ビチョビチョだった。

話を聞く鈴木の顔もまた、ビチョビチョだった。

佐藤はハンカチで鈴木の目をペチペチする。

涙もろい鈴木に苦笑する佐藤だが、その瞳も、どこか潤んでいるように見える。

「先日のことです。御社の口コミを目にしました。まだ若い塾ですが、可能性を感じました」

柳はソファから立ち上がり、床に膝をつく。

「鈴木さん！　どうか、どうか裕也を育ててやってはくれないでしょうか!?」

お願いします！　柳は床に額を擦《こす》り付けた。

断れるわけがない!!　鈴木の心が叫んでいた。

「柳さん、頭を上げてください」

「……鈴木さん！」

鈴木は佐藤からハンカチを受け取り、鼻をズビズビしながら柳の正面に跪《ひざまず》く。

「ご存知かとは思いますが、うちは未経験NGです」

「……はい！」

鈴木は一度強くハンカチ越しに両目を押さえる。そして、心を鬼にして言う。

「この世界は、過酷です。次々と進化する技術を学び続ける必要があります。何を学べば良いか、自分で考える必要があります。正直に申し上げれば、三十歳になって何もスキルを持たないような方が通用するとは思えない。場合によっては、過酷な現実を伝えるだけの結果になるかもしれません。それでも、構いませんか」

「大丈夫！」

柳は、涙を袖で拭って言う。

「裕也の母親を思う気持ちは本物です……っ！　あいつは、簡単に折れるような男ではありません！」

「……分かりました」

二人は握手を交わす。

それはまるでドラマのプロローグ。とことんダメな人間が、どん底から這《は》い上がる感動の物語。

それを少し離れた位置で見守る佐藤。

珍しくスーツ姿の彼女は、とても、とても強い違和感を覚えていた。

＊　＊　＊

子供部屋おじさんという言葉を知ったのは、つい最近のことだった。朝起きて、薄い布団から這い出ると、そこには勉強机がある。机にあるのは様々な本。例えば学生時代に購入した資格試験の対策本、社会人になってから購入した自己啓発本、そして読む度に挫折しているプログラミングの入門書。

昔から要領が悪かった。母は「裕ちゃんはやればできる」と言ってくれるけれど、その期待に応えられないことは、もう何年も前から分かっている。

一応、四年制の大学を卒業した。母が十年以上かけて用意した貯金と、奨学金、それから自分のアルバイト代。我が家の全財産を上回る金額を注ぎ込んで卒業した。

死に物狂いで手に入れたのは、年下の上司に命令されて働く仕事。給料はとても安く、時給換算すると最低賃金に満たない。

とても惨めだ。

ほんの一分ほど考えるだけで涙が出る。

理由は分かっている。

これまで何もしてこなかったからだ。

貧乏で生活が苦しい。バイトが忙しい。何か学ぶ余裕が無い。何をすれば良いか分からない。できない理由を並べ続けた。その結果が今の生活。言い訳の余地など無い。他の誰に言われずとも自分が一番よく理解している。

自分は程度の低い人間だ。

何か成功した経験など無い。

そのビジョンを思い浮かべることすら難しい。

それでも奇跡を信じて転職活動を始めてみた。結果は芳しくないけれど、まだもう少し続けてみようと思っている。どうにも自分は諦めが悪いらしい。いや、引き際が分からない愚か者と表現すべきだろうか。

なぜ？

もちろん、理由は分かっている。

「おはよう裕くん。ごはんできてるよ」

「うん、ありがとう」

寝室を出ると、ボロボロのアロハシャツを着た母が、昔と変わらない笑顔で言った。随分と皺《しわ》だらけになったけれど……この笑顔が大好きだ。子供部屋おじさんとバカにされても、親離れできないマザコンと罵られても、どうしようもないくらいに、母の笑顔が大好きだ。

だから、一度でいいから、恩を返したい。

母には夢がある。昔から何度もハワイ旅行に行きたいと口にしている。もちろん、金銭的な理由で旅行が実現したことは一度も無い。母は、アロハシャツを着たり、部屋に雑誌の切り抜きを飾ったりして妥協している。だから、たった一度でいいから、本物をプレゼントしたい。

これが、どれだけ惨めに打ちのめされても、未《いま》だに諦められない理由である。

「あら裕くん、でかけるの」

「うん。ちょっと勉強してくる」

「わー、すごい。最近の子は学校を出ても勉強するんだね」

「大袈裟《おおげさ》だよ。それに、もう最近の子って年齢でもないから」

「何言ってんの。まだまだ若いよ。頑張ってきてね」

「うん、行ってくる」

家を出て、駅まで二十分ほど歩く。途中、大学生と思《おぼ》しき集団を目にした。

直視できずに目を逸らす。いつからか、若者を見ると胸が痛むようになった。

やり直したい。やり直して、母を楽させられるようになりたい。ハワイ旅行なんて、毎年のようにプレゼントできるような職に就きたい。相応のスキルが欲しい。

無様な妄想だ。今更どれだけ後悔しても、もう遅い。

自分に能力が無いことは分かっている。

それでも、どうしても、諦められない。

だから今日も、家の外を歩く。

転職エージェントの柳さんから紹介された塾に向かって、歩くのだ。

＊　＊　＊

「すみません、洙田さん。うち、未経験ＮＧなんです」

いくつかの質問を繰り返した後、鈴木は残念そうに言った。

「母親のため、より良い職に就きたい。立派だと思います。柳さんの話を聞いて、さぞ努力しているのだろうと思いました。しかし、蓋を開ければ一度もプログラムを実行したことが無い。がっかりです」

洙田は困惑した表情を浮かべる。当然だ。それなりに信頼していた転職エージェントから紹介された先で、まさか拒絶されるとは夢にも思わない。

「はっきり言います。別の道を探した方がいい」

もちろん鈴木はヒトの心が分からない鬼ではない。

だからこそ、あえて洙田に現実を告げる。

「プログラマの地位はとても低い。ほとんどの仕事は、技術を持たない人が作った設計図を形にするものです。一般的に下流工程と呼ばれる仕事で、給料も低い。プログラマとして高い報酬を得るには、自ら最新の需要を調査して、学ぶ必要があります」

例えば、と言葉を切る。

「最近であれば、ＡＩ、ＲＰＡがキーワードですね」

洙田はＡＩという単語ならば知っている。しかし、ＲＰＡという単語を耳にするのは初めてだった。

鈴木は言葉が伝わっていないことを洙田の雰囲気から察しながらも、あえて説明せず話を続ける。

「独学は孤独と苦痛を伴うものです」

鈴木は一呼吸おいて、問いかける。

「洙田さん。残業、好きですか」

「……好きでは、ないですね」

「そうですよね」

次に鈴木は、隣に座っている佐藤に目を向けた。

「佐藤さん」

「はい」

急に話を振られてビックリする佐藤。

「先週の土日は何をしていましたか」

佐藤は少し考える。

鈴木が質問した意図は分かる。だから求められている解答も分かる。しかし、引っかかる部分がある。

「例の眼鏡いじってたよ」

数秒悩んで、佐藤は鈴木の求める返事をした。

「ボクが依頼した仕事だね。休日にまで触らなくていいのに」

「楽しくなっちゃったから仕方ない」

「そっか。あとで作業時間教えてね。ちゃんと残業代出すから」

「ただの趣味だからいいよ」

「良くない」

「今月の残業ヒャク超えちゃうぞ?」

「うん、ごめん。この話は後にしよう」

こほんと咳払い。

鈴木は洙田に視線を戻す。

「さて洙田さん。ＩＴ関係の給与が高い職に就きたいあなたは、先週の土日、何をしていましたか？」

洙田は俯《うつむ》く。

疲れて寝ていた。先週だけではない。いつもそうだ。土日に何か作業をすることなど滅多に無い。

佐藤と呼ばれた女性は笑顔だった。嬉々《きき》として、土日にも仕事をしていた。それが趣味だと言い放った。

洙田は鈴木の意図を理解する。理解したからこそ、口を閉じた。

「何か特別な理由があるんですか？」

鈴木は沈黙した洙田に問い掛ける。

「どうしてもプログラミングを学びたい理由があるならば、教えてください」

言われて考える。

思い浮かんだのは、母親の顔だった。何気ない雑談で仕事の話を聞かれ、パソコンを使っていると答えた。そのとき、母がプログラミングってかっこいいよねと、そう言ったのだ。

言えるわけがない。

三十歳にもなって、こんな動機、どうして口に出せるだろうか。

「分かりました。無理に教えて頂く必要はありません。しかし、あらためて言わせてください。洙田さん、うちは未経験ＮＧです」

鈴木は姿勢を正して、洙田に告げる。

「別の道を探すことをオススメします。ただ、もしも譲れない理由があるならば、一度で良いからプログラムを実行して、もう一度ここに来てください」

——その言葉は、きっと正しい。

「当塾は、あなたを歓迎いたします」

教育ビジネスでは、全く見込みが無い相手にもサービスを提供する。それが利益を最大化する選択だからだ。しかし鈴木は利益を一番には考えていない。

「……分かり、ました」

洙田は力無く返事をした。

「柳さんには、こちらから詳細を伝えておきます」

「……はい、お願いします」

鈴木の判断は、きっと正しい。

ここで一時的に技術を教えたとして、十年後、二十年後はどうだろう。自ら学ぶことのできない者は、決してエンジニアとして長続きしない。彼が立ち止まる度に面倒を見るなど不可能だ。

人として正しい判断。

ビジネスとして最悪な判断。

鈴木は客観的に考える。ここまで厳しい言い方をすれば、きっと洙田は別の道を探すだろう。それは正解だ。ただ職を得ることが目的ではない。洙田の目的は、母にハワイ旅行をプレゼントできる程度に給与がある職を得ることなのだ。

しかし、もしも奮起して、もう一度ここに来ることがあるとしたら、エンジニアとして成功する可能性がある。その時は、しっかりと責任を取る。

決めるのは鈴木ではない。鈴木は、塾は、彼の母親ではない。金魚のように口を開けて、親や学校から何か与えられるのを待つだけでは、何も変えられない。

選べ。鈴木は内心で叫ぶ。鈴木は柳の言葉に胸を打たれ、洙田の未来を真剣に考えたからこそ、冷たく現実を告げた。何か、きっかけになれと願ってのことだった。

きっと、ありふれた物語だ。

世界は優しくない。

自ら立ち上がることのできない者は何もできない。

故に強者は弱者を突き放す。

心を鬼にして、自分の力で立ち上がれと叫ぶ。

もしも弱者が立ち上がったならば、喜んで手を差し伸べる。どれほど非力だとしても、人が前に進む姿は何よりも尊いからだ。

打ちのめされた弱者が根性論で立ち上がる。

物語の世界では、本当にありふれた話であろう。

だから彼女は――佐藤は、叫んだ。

「ふるぅうううううぃ!!!」

＊　＊　＊

彼の言葉は全て正しい。

しかし彼はひとつ勘違いしている。自分で学ぶことのできない人間が通用するほど甘い世界ではない。だから別の道を探した方がいいと、彼は言った。では別の道とは、なんだろうか。他人から与えられるのを待つだけで通用する道というのは、どこにあるのだろうか。

知っている。

今この場所だ。

明日を生きるのも厳しい低賃金で雇われ、年下の上司から命令されて働く場所だ。

変化を希《こいねが》っている。今日は何か、きっかけになればと足を運んだ。果たして、おそらく自分よりも若いであろう相手から現実を伝えられるだけの結果となった。

そう、彼は勘違いしている。彼が言ったようなことなど、誰に言われずとも自分が一番理解している。

三十歳だ。自分がダメな理由など知っている。社会も環境も何も悪くない。金魚のように口を開けて餌を待つことしかできない自分が全て悪いのだ。分かっているのに何もできない。

あまりにも惨めで、吐き気がする。子供の頃ならば、この気持ちを吐き出すことができたのだろうか。

しかし、大人になってしまった今ではもう飲み込むことしかできない。

「……」

何も言わず腰を浮かせる。

そのまま踵《きびす》を返した時、それは起こった。


「ふるぅうううううい!!!」

頭が真っ白になるほどの大音量。

一瞬だけ自分の内側から発せられたのかと誤認するようなタイミングで落ちた、特大の雷。

「ふるい！　ふるい！　ふるいふるいふるいふるいふるいふるいふるい！　古いんだよぉ！」

発信源は、担当の女性だった。

物静かに座っていた姿からは想像もできないような大絶叫。自分はもちろん、彼女の隣で淡々と話をしていた鈴木さんも、唖然《あぜん》としていた。

「おいおまえ！」

ビシッと人差し指を向けられる。

「おまえだ！　聞こえてんのか!?」

「……は、はい」

ビクリと返事をした。

何がなんだか分からなかった。

困惑していると、鈴木さんが止めに入る。

「佐藤さん、急にどうしたの」

「うるさい！　黙って見てろ！」

「それはできない。説明してくれ」

「ケンちゃんの根性論は古いんだよ！　意気揚々と説教して満足とかダサすぎ！　そんなこと本人が一番分かってんの！　それをどうにかするのが教育なの！」

彼女の言葉、そのひとつひとつが胸を打つ。

全身全霊の叫び声が、問答無用で心を震わせる。

なんだ、これは。

説明できない。理解できない感情が、湧き上がる。

「佐藤さん、うちは未経験NGだ。この一点だけは絶対に譲れない。自分から何か始められない人を一時的に助けても、長期的にはその人のためにならない」

「この節穴野郎!!」

「なっ、ふしあな？」

それは妙にスカッとする光景だった。

鈴木さんは決して悪人ではない。相手のことを考えて心を鬼にできる強い人だ。同時に、自分よりも上に君臨する種類の人間だ。それがこうも驚愕《きょうがく》しているのを見ると、どうにも気分が高揚してしまう。

「おいおまえ！」

「はっ、はい！」

再び声をかけられ緊張する。

「入門書を読んだことはあるか!?」

「……それは、その」

「さっぱり分からなくてそっと本を閉じた経験が一度はあるだろそうなんだろ!?」

「……それは、まあ、はい」

彼女は次々と質問を繰り返す。

「パソコン持ってるか!?」

「……いえ、持ってません」

何かを確かめるかのように。

彼女の中にある仮説を裏付けるかのように。

「悔しいか!?」

「……はい？」

「ボロクソ言われて悔しいか!?」

「……それは、まあ、多少は」

「聞こえない！」

「……っ」

まるで古びて湿気《しけ》ったマッチに火をつけるかのようだった。

「……悔しい、です」

「もっと！」

彼女は自分とは正反対の人間だ。

自ら学ぶことができる強者の側に居る人間だ。

説教なら何度も聞いた。分かってるんだよそんなこと。負け犬の遠吠《とおぼ》えを胸の内に封じ込めて、やっぱり何もできない自分に対する嫌悪感だけを募らせていた。そのうち、何も感じなくなった。

だから初めてだった。

強者の言葉で胸が熱くなったのは、初めてだった。

「……悔しいですっ」

「もっっっと!!!」

きっと、生まれて初めてこの感情を言葉にした。

「悔しいです!!」

一体何をしているのだろうという思いはある。これで何か変わるとは思えない。しかし、心地良い。

冷え切ったはずの心が熱い。

「じゃあやるぞ！」

「何を、ですか？」

「今から基礎を教える！　そこに座れ！」

「はっ、はい！」

ソファに座り直すと、彼女は紙とペンを持って隣に座った。そして、教育を始めた。

「ここにコインがあります」

「……」

無言で彼女が手にした百円玉を見る。

「コインを投げて表だったら服を脱ぎます」

「えっ、脱ぐんですか？」

「ちょっと期待すんな！　例え話！」

ですよね、と苦笑い。なんだこれ。

彼女はコホンと喉を鳴らして仕切り直す。

「プログラムにするとこうです」

コイン＝表か裏
もしも　コイン＝表
　服を脱ぐ

「……はい」

彼女が紙に記した文字を見て、頷く。

書かれていることは理解できる。きっと小学生にも分かる内容だ。しかしピンと来ない。ここから自分は何を理解すれば良いのだろうか。

「流行《はや》りのpython《パイソン》ならこう！」

```
コイン = random.randint (0, 1)
if コイン == 1 :
  服を脱ぐ ()
```

「……はい」

まだ日本語が交じっているけれど、少しプログラムっぽくなった。もちろんこれを見て何か理解できるか問われれば、分からないままだ。

「このプログラムだと半分の確率で全裸です」

「そうですね」

「それは嫌なので、サイコロを使います」

サイコロ＝1から6
もしも　サイコロ＝1
　服を脱ぐ

「……なるほど？」

「はい、これpythonで書き直して」

「え？　私がですか？」

そう、と佐藤は頷いた。

困惑しながらペンを受け取る。もちろん急には手が動かない。全く難しいことなどしていないはずなのに、頭が働かない。

トン、と机を叩《たた》く音。

目を向けると、彼女が先ほど記した簡単なプログラムが残っていた。

なるほど、あれを参考にするならば――

```
サイコロ = random.randint (1, 6)
if サイコロ = 1:
  服を脱ぐ ()
```

「惜しい！　ifのイコールは二つだぞ」

「ああ、なるほど、そうなんですね」

指摘されて、書き直す。

彼女は「よし」と満足そうに言って、

「一回だけでいいのか？」

「……と、言いますと？」

「脱ぐまでプログラムを繰り返さなくていいのか？」

「……これ返事するとセクハラになりませんか？」

「うわ～、おエロい奴め。仕方ないな～」

彼女は上機嫌で言って、先程のプログラムの先頭に「繰り返す」と書き加えた。

「どうなると思う？」

「繰り返されます……？」

「いつまで？」

「いつ？　……ええっと、ずっと、ですか？」

「正解！　いいじゃんセンスあるセンスある！」

「……はぁ、その、どうも」

何照れてるんだ三十歳。

「じゃあ終わるにはどうすればいい？」

「終わるには、ですか？」

「そう、終わる。めっちゃ簡単だよ」

再びペンを受け取る。

もちろん、分からない。しかし彼女は簡単だと口にした。だから簡単に、とてもシンプルに考えてみる。シンプルに……そうだ、「繰り返す」で繰り返すなら、「終わる」と書けば終わるんじゃないか？

```
繰り返す
　サイコロ = random.randint (1, 6)
　if サイコロ == 1:
　　服を脱ぐ ()
　　終わる
```

「正解!!　すごいじゃん！　すごいすごい！」

「……はぁ、その、どうも」

だから照れるなよ三十歳。

「これをちゃんとプログラムにすると、こうだよ」

```
while 1:
  サイコロ = random.randint (1, 6)
  if サイコロ == 1:
    服を脱ぐ ()
    break
```

彼女が次に記したプログラムは、繰り返すが「while 1:」に、終わるが「break」に変化していた。

なんとなく、分かり始めたような気がした。文章の並び順なんかは日本語で書いたものと変わらない。

ただ、一部の言葉がwhileやifみたいな別の言葉に変化している。

ワクワクした。

このまま彼女から教われば、理解できるかもしれない。

「はい、これで終わり」

「えっ、終わりですか？」

「うん。これでプログラミングの基礎は全部終わり」

「……これで？」

冗談を言っている雰囲気ではない。

困惑していると、彼女は説明を始めた。

「プログラムの基礎は、たった四つ。数字に名前を付けること、もしも〜って条件を分けること、繰り返すこと、服を脱ぐみたいな一連の動作を関数にして使うこと。他のことは、全部楽にプログラムを書くための小技。知らなくても大丈夫だよ」

言われて考える。

確かに、このサイコロで服を脱ぐプログラムには、彼女が言った四種類の要素がある。

「あの、関数というのは？」

「自分で調べよう」

「はい？」

「ネットで検索してもよし。本を読んでもよし。とにかく自分で調べること。絶対出てくるから」

はぁ、と空返事。

分かりかけたものが消えていくような気がした。

「というわけでノートパソコンです」

「あっ、続くんですね」

それから一時間ほど指導が続いた。

まずは紙の上に日本語でプログラムを書いて、それを別の言語に書き直した。それから実際にパソコンでプログラムを動かして、紙の上のプログラムが正しいことを確かめた。その繰り返しだった。

もちろんエラーばかりだった。

彼女はその度に「調べろ」と言った。最初は何を調べればいいのか分からなかったけれど、ヒントを貰《もら》いながら五回ほど繰り返したところでコツが摑《つか》めた。

「仕事でパソコン使う？」

「ええ、それなりに」

「手作業ある？」

「……ああ、そうか。はい。なるほど。これなら」

ふと思い浮かんで、彼女に問う。

「ちょっと、試してみてもいいですか？」

「ダメです」

彼女は無慈悲にノートパソコンを閉じた。

「無料体験はここまでです」

「……そう、ですか」

身体がムズムズするのを感じた。

試したい。思い浮かんだことを試してみたい。

しかし……無理だ。

パソコンを持っていない。買うお金も無い。

「大学出てるんだっけ？」

「……ええ、一応は」

「じゃあ今から行ってこい！」

「えっと、大学にですか？」

そう、と彼女は返事をする。

「恩師に媚《こ》びよう！」

「……恩師、ですか。私のことなんて、もう覚えているかどうか」

「うるさい！　やってから諦めろ！」

その月並みな言葉にドキリとする。

「失うものなんてないんだから。無敵だよ」

「……はは、そうですね」

本当に不思議な人だと思った。

それほど特別な言葉ではないのに、彼女が口にするだけで、胸を打つ言葉に変わる。

「大丈夫」

彼女は、太陽のような笑顔で言った。

「できるよ。絶対。あなたは、強い人だから」

息が詰まる。

強い人。何を根拠に、何を知って、その言葉を口にしたのかは分からない。分からないのに、身体が熱くなる。感情が暴れ回る。止められない。

「ほらっ、早く行かないと延長料金！　五万円！」

「えっ、そうなんですか？」

「はい十、九、は～ち……」

慌てて立ち上がる。

荷物を手に追い出されるようにして部屋から出る。

「あのっ、ありがとうございました！」

一言だけ感謝の言葉を伝えて、駆け出した。

目的地は、大学。

そこで何か得られるとは思えない。徒労に終わる可能性の方が高い。交通費が無駄だと冷静な自分が叫んでいる。しかし、足を止めることができない。

――やってから諦めろ！

彼女の言葉が、頭から離れなかった。

だから走った。心に灯《とも》った小さな炎が消えるよりも早く、行動しなければならないと思った。

＊　＊　＊

「……本当に来てしまった」

今が三十歳だから、だいたい八年振りの大学。

「……休日でも人いるんだな」

ちょうど昼時だからだろうか。

自分も学生時代に何度か使ったことのあるベンチ。そこで数人の学生が談笑していた。

少し考えてから歩き始める。

向かう先はゼミ室。一応は恩師と呼べる人の部屋。

まだ在籍しているのだろうか。

そもそも自分のことなんか覚えているのだろうか。

多くの不安を胸に、歩いた。

そして目的地。ドアの隣にあるプレートで恩師が部屋に居ることを確認して、ノックをした。

「はい、どうぞ～？」

聞き覚えのある懐かしい声。

「失礼いたします！」

まるで面接でも始めるみたいに気合を入れて、入室した。

「……ええっと、どなたかな？」

当然の反応。

踵を返して逃げ出したい。

（――無敵だよ）

「あのっ、突然すみません。卒業生の洙田と申します。本日はそのっ」

「あ～、洙田くんか！　うん、覚えてるよ。洙田、裕也くんだ」

恩師はパンと手を打つと、嬉《うれ》しそうな顔で立ち上がった。

「いやぁ～、久しぶりだね。ははは、元気そうで何よりだ。最近どうだい？」

言葉を失った。

口をぽかんと開けて、恩師を見ていた。

「ああっとすまない。話の途中だったね」

「……あ、はい。その……パソコンを、使わせて頂けないかなと」

「パソコン？　何に使うの？」

「その、仕事で、いえ、プログラミングの勉強をしたいと思いまして、だからその」

「おー、そういうことか。よし分かった。ちょっと待ちなさい」

再び、ぽかんとした。自分が口にしたのは、ボソボソ声で要領を得ない言葉。しかし恩師は、まるでそうすることが当然であるかのように、案内を始めた。

雑談をしながら歩く。

恩師は上機嫌だった。

卒業生の顔を見られることが嬉しいらしい。

「あの、失礼かもしれませんが、よく自分のことなんか覚えていましたね」

「そりゃ覚えてるよ。すごく頑張ってる学生だったからね」

「……そうでしたっけ？」

「そうとも」

全く記憶にない。

もしかしたら別の誰かと勘違いしているのではないだろうか。そう思い始めた。

「洙田くんは奨学金を貰って、しかも沢山アルバイトをしていた。そういう学生はね、珍しくないんだよ」

恩師は、こちらに背中を向けたまま言う。

「でも、君ほど真面目な子は珍しい。課題はきちんと提出する。講義でも眠気を我慢しながらノートを作っていたね。当たり前のことかもしれないけどね。長く教師をやっていると、それが特別だと分かる」

——無意味だと思っていた。

「なにか、夢でもあるのかい」

——大切なお金を使って、四年も時間を浪費して、何の役にも立たない大卒の資格を買っただけだと思っていた。

「……母に、ハワイ旅行をプレゼントしたいです」

「ほう、立派な夢じゃないか」

——できない理由ばかり並べて、自分を卑下するばかりの日々だった。

「じゃあこれ、空いてる時間は使っていいからね。誰かに声かけられたら、僕の名前出していいから」

――間違いだった。

何ひとつ、無駄じゃなかった。

「……はい。ありがとうございます」

情けなくて唇を噛《か》む。

「がんばれよ」

「……はいっ」

ポンと肩を叩いて、恩師は立ち去った。

涙を拭って、キーボードに触れる。

ほんの一時間ほど指導を受けただけ。付け焼き刃の技術。これが何かに繋《つな》がるとは思えない。

だけど、きっかけをもらった。

これまでの人生で唯一の、最初で最後かもしれない挑戦。それを始めるきっかけを与えられた。

「……っ」

唇を噛む。涙が止まらない。

他の学生が見れば、この姿は通報ものだろう。

構わない。恐れるものなど何もない。

今の自分は、無敵なのだから。

＊＊＊

家で一人、息子の帰りを待つ。

母親にとって、これ以上に不安が募る時間は無い。もう子供ではないと理解しているけれど、どこかで事故か何かに巻き込まれていないだろうかと考えてしまう。この症状は、帰りが遅いほど深刻になる。

普段ならば二人で食事をしている時間。

長年の習慣で用意した二人分の料理は、どちらも手付かずの状態で残っている。

ごはんとみそしる。僅かな惣菜《そうざい》。二人分で三百円にも満たないだろう質素な食事。思えば息子には苦労をかけ続けてきた。全て、自分の責任だ。息子のことを第一に考えれば、親を頼る選択肢も再婚する選択肢もあった。しかし当時の自分は、息子は私の手で育てるのだと言って譲らなかった。その結果が、この貧しい生活だ。本当に悪い母親だと思う。

それでも息子は、恨み言ひとつ言わない。

朝起きて、顔を見て挨拶をする。朝食の後で、スーツ姿の息子を送り出す。少し遅れて自分もパートに出掛ける。息子より早く帰って、食事の用意をする。帰宅した息子と共に食事をする。

十年、二十年、もっと長い時間繰り返した日々。なにか、息子の為《ため》にできることはないか。いつも考えている。特に独りで家に居る時間は、他のことなんて考えられないくらいだ。

息子は、あまり願い事を口にしない。きっと遠慮しているのだろうと思う。何事も遠慮するような性格に、育ててしまったのだと思う。なればこそ、こちらからアプローチすべきだ。しかし思い浮かばない。

本当にダメな母親だ。息子の願い事ひとつ分からないことが、悔しくてたまらない。

急に怖くなる。今朝、息子は勉強すると言って出かけた。詳細は聞いていないけれど、あまりにも帰りが遅い。もしかしたら、もう帰ってこないのではないだろうか。自分は、ついに捨てられてしまったのではないか。ありえないと思いつつも、不安が止まらない。

もしも電話があれば簡単に連絡できるのだろう。しかし我が家には余裕が無い。息子が仕事に使う一台を用意するので精一杯だった。

やがて、日が変わる時間になった。

本格的におかしい。不安が止まらないけれど、眠気も止まらない。ここ最近、年齢のせいか体力が落ちている。そんな身体に鞭《むち》を打って働いているから、夜更かしが難しい。

ダメだ、寝るな。せめて息子が帰るまで。身体とはあまのじゃくなもので、眠気に抗《あらが》うほど眠くなる。

そして――気が付けば、朝だった。

ハッとして身体を起こす。何かが床に落ちた。それは夏場に布団として使っているバスタオルだった。

よくよく見れば、机の上にある料理が半分だけ消えている。

いそいそと身体を起こして、息子の部屋に入る。そして、安堵《あんど》した。息子は勉強机で寝ていた。なんだか懐かしくて、笑みが零《こぼ》れる。こんな姿を見るのは、大学受験以来だろうか。

そっと息子に近付いて、かけてもらったバスタオルを返却する。

「……母さん……待ってて」

「あらあら、その歳《とし》でまだ私の夢を見ているの？」

寝言を聞いて、嬉しくなって声をかけた。

もちろん会話は成立しない。しかし、昨夜に考えた不安が吹き飛ぶような幸福を感じていた。母親というのは、チョロい生き物なのである。

「資格でも取るのかしら？」

勉強机に目を向ける。何かノートに書いてあるけれど、全く理解できない。

「がんばってね」

軽く息子の頭を撫《な》でる。

「……く、から」

「あらまぁ、どんな夢を見ているのかしらね」

くすくす笑う。

そして、知る。

「……ぜったい、はわい、連れてくから」

時間が、止まったような気がした。

いや、違う。たまたまだ。偶然だ。否定してみるけれど、とある可能性が頭から離れない。

息子の考えていることなど、手に取るように分かる。それが母親だ。もちろん、言わなければ伝わらない。しかし一瞬でも、たった一つだけ言葉にすれば、全て伝わってしまう。

「……あらあら」

指で目元を撫でる。その上から、新たな水滴が零れ落ちる。

「……あらあら」

それ以外の言葉が出てこない。溢れ出る感情が邪魔をして、声を出せない。

親孝行なら、いつも受けている。朝起きて、挨拶をして、ごはんを食べて、仕事に送り出す。元気に、そして立派に生きている息子の姿を見るだけで、いつも救われている。幸せを感じている。そのうえで、まさかプレゼントまで用意してくれていると知ったら、それはもう、言葉にならない。

「……ほんとうに、自慢の息子だよ」

両手で両目を押さえる。

ついには嗚咽《おえつ》が漏れ出て、立っていることもできなくなった。

それから、ずっとずっと後になって、彼女は思い出す。

この瞬間は、きっと人生で三番目に幸せな瞬間だった。

二番は息子が生まれた瞬間で、そして一番は——

＊　＊　＊

魔法を見ている気分だった。

ボクは、洙田裕也を低く評価した。

視線は常に下方向。覇気の感じられない声音。何を話しても伝わっているのかどうか分からない空返事。典型的な無気力人間だ。柳さんには申し訳ないけれど、あれはダメだと思った。

しかし、帰り際の彼は別人だった。

たった一時間の講義、指導、あるいは会話で、彼女は人を変えてしまった。

優れた技術者は、常人には理解できない技を披露することで「魔法使い」と呼称されることがある。

佐藤は、まさに魔法使いだった。

ボクは、いっそ恐怖さえ覚えた。彼女には人の心が目に見えているのかもしれない。そしてオルラビシステムを作り出したように、人の心さえもプログラムの如《ごと》く制御できるのかもしれない。

ありえない空想だ。しかし否定できない。

ボクは、彼女が何か得体の知れない存在に思えた。

洙田が去った後、しばらくして彼女はボクに目を向けた。

ドキリとした。

同時に、自分の中にある感情の正体に気が付いた。

これは、劣等感だ。

ボクが考える常識を尽《ことごと》く覆して、ボクが望む理想の結果を生み出す魔法使いに対する劣等感だ。

息を呑む。

刑罰の執行を待つ罪人のような心境で言葉を待つ。

彼女は右腕を伸ばした。

次に左腕を伸ばして、両手をくねくねさせた。

「ケンちゃ〜ん」

……え？

「ごめ～ん。やらかし～」

涙目でちょっとずつ近付いてくる佐藤さん。

ボクが混乱して動けないでいると、彼女はボクの手前で膝をついて、土下座の姿勢になった。

「ごめ～ん！」

ボクは面食らった。

「いやっ、いやいやっ、どうしたの急に」

「どうしよ～。あの人もっと大変なことになるだけかもなのに、私……どうしよ～」

うわーんと子供みたいに泣く佐藤さん。

「でもケンちゃんも悪いんだよ!?　正論なんか言われなくても分かってるの。それを一方的に伝えられても辛《つら》いだけだよ。ロジハラだよ。何も意味ないよ」

「……返す言葉が無い」

佐藤さんはズビッと鼻をすすって、

「これもロジハラ～」

また泣きながら額を床に擦り付けた。

「私の方こそ根性論だよ～」

その姿を見て、ボクはもう笑うことしかできない。

気にしないでと言って彼女の肩に触れると、胸に飛び付かれる。とてもドキリとしたけれど、ボクは受け止めて、彼女の背をトントン叩いた。

……まったく、見当違いも甚だしい。

得体の知れない存在？　違う。彼女は、ボクがよく知っている存在だ。

本当に昔から変わらない。とても純粋で、周りのことをよく見ていて、何より弱者の心を誰よりも理解している。寄り添うことができる。他人のために本気で怒ることができる。

……そうだ。ボクは、そんな彼女に憧れていた。

「ほんとごめん。ちょっと八つ当たり入ってた。最近嫌な電話あってその、沸点下がってた」

「嫌な電話？」

彼女は少しムッとした表情で言う。

「……なんか、前の会社が金出すから戻れって」

「前の……確か、理不尽に解雇されたんだよね」

「そうだよ。なのに困ったから戻って来いとかさ？　そもそも謝ってないし。しつこいし。ほんともう……私は都合の良いペットか！」

苦笑して相槌《あいづち》を打つ。

そして愚痴を聞きながら、あらためて思う。

こういうところが、本当に魅力的なのだ。

——数日後。

柳さんが花束を持って訪れた。

あれから洙田さんは別人のように前向きになったらしい。もちろん転職が直《す》ぐに決まるわけではないけれど、柳さんの感覚値としては、時間の問題ということだった。柳さんは号泣しながら感謝していた。

そして、真のプログラマ塾は、この一件をきっかけに、転職業界を中心として劇的に知名度が向上する。

それは「本命」に対して有利な武器となる一方で、邪《よこしま》な存在を呼び寄せることにもなった。

ボクは後になって思い出す。

きっとここが、ボク達《たち》のスタートラインだった。

side - 逆恨み

「……なぜだ。なぜ、こんなことが」

社長室。人影はひとつ。

新社長は、頭を抱えていた。

数日前に発表した決算について。

僅かな減収と大幅な減益。

黒字ではあったものの悲惨な結果だった。

株主には「組織改革」「退職金の支払い」等による一時的な支出と説明して、通期では大幅な増収増益になると伝えた。同じ内容で取締役達《たち》も納得させた。

しかし実態は説明と大きく異なる。

「……この私が、失敗するのか？」

会社の心臓たるオルラビシステム。これを制御できなければ、この会社に未来は無い。

最善策は開発者たる佐藤愛を連れ戻すこと。これは失敗に終わった。どうやら彼女は会社を逆恨みしているらしい。彼女は解雇されて当然の勤務態度だった。そこに目を瞑《つぶ》って高待遇で再雇用するという神の如《ごと》き提案。断る理由など怨恨以外に考えられない。実に愚かだ。

次善の策は外注。コストは大きいが、確実に成功するはずだった。

まず四人のエンジニアを強制出社させた。これにより外注したエンジニアが派遣されるまでの間、業務効率は落ちたものの崩壊は免れた。

やがて派遣された十人のエンジニア。これが、とんでもない欠陥品だった。

データベースの破壊。操作を誤った一人のエンジニアが、重要なデータを破壊した。結果、そのデータを利用していた部署の業務が完全に停止している。

即刻損害賠償を請求した。しかし向こうの言い分は「マニュアル通りの操作をした」の一点張り。こんな理屈通るわけがない。だが、訴訟を起こせば苦しいのはこちらだ。一刻も早く業務を再開させる必要がある。争っている暇は無い。最終的に、該当業務の代替となるシステムを割安で開発させる形となったのだが……見積額、二十億円。開発期間は最短で十ヵ月という話だった。

「……おのれ、馬鹿にしおって」

許せない。

「……キーボードを叩《たた》くことしかできない下等な連中が、どこまでもどこまでもどこまでもっっ！」

ドン、と机を叩いた。

その後で、すぅぅと長く息を吸う。

「いかん。感情的になるな。解決策を考えねば」

冷静な言葉を発する程度の余裕はある。しかし、まともな思考を働かせることができない。少しでも何か考えれば「なぜ」と原因を求めてしまう。今必要なのは「解決策」だと理解しているのに、過去から目を逸《そ》らすことができない。

「どうして、こうなった」

ほとんど無意識に呟《つぶや》いた。

「あいつだ。あの女が、ふざけたシステムを残したことが原因だ」

ヒトは耐え難い苦痛を受けた時、敵を探す。それは新社長も例外ではなかった。

「そうだ。きっと自分の仕事を奪われないために、あえて複雑な作りにしたのだ。そうに違いない」

本来の彼ならば、このような無意味な思考を働かせることはなかったであろう。しかし数ヵ月に及ぶ精神的な負荷が彼を疲弊させ、判断を狂わせている。

「……佐藤、愛」

敵が決まる。

「くっ、はは。ただで済むと思うなよ」

負の感情が思考をクリアにする。

「そうだ。業務の一部は手作業でも回るはずだ。効率は悪いだろうが、そこから従来よりも良い発見があるかもしれない」

醜悪な笑みを浮かべて、ボソボソと呟き続ける。

「手作業を行う部署には、大手から優秀なエンジニアチームを派遣させよう。コストは高いだろうが、今回の一件で無能なエンジニアが害悪だと学んだ。これはリスク回避のコストだ」

彼は、ひとつ見落としていることに気が付かない。十人のエンジニアが派遣されるまでの間、四人の社員により業務が回っていた。もちろん遅延はあったが重大な問題は発生していなかった。

しかし彼は、十人が配置されるのだから業務を放棄した四人など必要ないと判断した。

破滅を回避する道はいくつもあった。しかしそれは時間と共に消えていく。人員を数字や記号、そして無意識の偏見で判断する彼は、シンプルなミスに気が付かない。

「会社は立て直す。佐藤愛は潰す」

口角を上げて、スマホを手に取る。

「ああ、私だよ。今大丈夫かな」

電話先は彼の側近である秘書。

「佐藤愛の再就職先を調査してくれ。大至急だ」

その目には勝利だけが映る。

逆境を乗り越えた自分の姿。

そして自分をコケにしたコスプレ女が破滅する姿。

「…………」

電話を切った後、彼は長い息を吐いた。

「……く、くく、くははは」

そして、嗤《わら》った。

どこまでも醜悪に、ケラケラと笑い続けていた。

第4話　それぞれのハローワールド

私っ、佐藤あひゃあ!?

い、いま壁ドンしゃれてりゅの！

「テメェなんだその安いスーツ。舐《な》めてんのか」

金髪碧眼《へきがん》。

日本人では表現できないアニメみたいな鋭い表情。

でも小さい！　私より背が低い！

きゃわいい！　だから私は強気に出ます！

「も〜、そんな怖いこと言っちゃダメだよ〜」

「あぁ!?　んだテメ触んなっ、撫《な》でんなコラ！」

「ああもうかわいいなあ。お年はいくつ？」

「ふっざけんなこのクソ女、頭沸いてんのかよ!?」

「そうだよ」

「あぁ!?」


——時は少し遡る。

4

「以上がスマメガの説明だよ」

スマートなメガネ。略してスマメガ。

ケンちゃんの本命である大規模イベントに向けた「仕掛け」の説明を終えた私は、ほっと一息。

いやはや大変な開発だった。

そして大変な説明会なのだった。

目の前にはソファに座る三人の男性。

左からイケメン、幼馴染《おさななじみ》、そして見知らぬ金髪。

なにこれ乙ゲーかな？

私は、それはもうドキンコドキンコしながら出来たてほやほやのスマメガの話をした。まあスマメガ自体は他社の製品で、私はちょこっと改造してソフト作っただけですけどね。

「さて、翼と遼は今の説明を理解できたかな？」

「おっけー」

「さっぱり分からん」

ふたつの返事。

翼様は余裕の表情だけど……リョウ（？）さんは難しい顔をしている。和名っぽいけど絶対に海外の方だ。もしもメイクなら後で教えてもらおう。

「どうしようかな」

唇に人差し指を当てて悩むケンちゃん。

その姿を見て私は、なんだか懐かしいなと思う。

薄《うっす》らとした記憶だけれど、彼は昔から悩むと指にキスする癖があった。大人になって矯正したのか接客中は出なかったけれど、今は油断しているっぽい。

「あっ、そういえば遼と佐藤さんは初対面だね」

そうです初対面です。

この零細企業で数ヵ月過ごして初！

超絶レアエンカウントでございます！

「彼は遼。リオで仲良くなった天才だよ」

「……うっす。恐縮っす」

すごーく雑な紹介。

リオ？　どこ？　外国？

「ちょうどいい。次の営業、二人で行ってみようか」

「……マジすか？」

すごーく嫌そうな顔。

私なんか嫌われるようなことしたかな？

「面白そう」

「翼は自分の仕事に集中」

「ドケチ」

「ノルマ増やすよ」

ぁわわ、イチャイチャしてる。

ダメだよ二人ともっ、仕事中だよ！

でもでも一番ダメなのは……そう、私です！

「そういえば歓迎会とかやってないね」

「お肉」

「翼のリクエストは聞いてない。佐藤さん、何か希望とかある？」

「私はメロンソーダがあればどこでも」

キョトンとするケンちゃん。

え、メロンソーダ知らない？

とんとん。ケンちゃんの太腿《ふともも》を叩《たた》く翼様。

「き○ぐ」

ぁわわ、おねだりしてる。

焼肉食べ放題おねだりしてる。尊い。

「私はき○ぐでもいいよ」

「じゃあそれで。急だけど明日の夜とかどうかな？」

フォローするとケンちゃんは溜息《ためいき》交じりに提案。

「やった」

グッと握り拳の翼様。

このイケメンかわい過ぎないか？

「遼はどう？」

「オレはケンタさんに従います」

クールな金髪のリョウさん。

かくして歓迎会の開催が決まった。

その後すぐ、私はリョウさんと営業に行くことになった。私の役割は、スマメガについて詳しい説明を求められた時に対応すること。経験は無いけれど大丈夫だと思う。私は、愛ちゃんを信じている。

出発直前、ケンちゃんは私に言った。

「遼は育ちが悪い」

「……うわぁ」

「嫌な反応だね。陰口とかじゃないよ。彼は本当に口が悪いから……まあ佐藤さんなら気にしないか」

腹ペチ！

「なに？」

「乙女の憤り！」

「……そっか。とにかく、彼は口が悪いけど気にしないであげてほしい。根は良い奴《やつ》だから」

「了解。でも口が悪くて営業とか平気なの？」

それは見てからのお楽しみ、とケンちゃん。

――そして、今に至る。


「いいかクソ女！　スーツの質は会社の質だ！　クソ安い給料しか出せねぇ会社って舐められたら終わりだ覚えとけ！」

「リョウくんのそれ高級スーツなの？」

「おうよ。これはオレがまだ人間じゃなかった頃にケンタさんがプレゼントしてくれた宝物なんだ」

あらかわいい。嬉《うれ》しそうな顔。

ケンちゃんの言ってたことが分かったかも。

「なら私は新人でOJT中って設定にしようよ」

「あぁ？　新人だと……？」

私の顔をジーッと見るリョウくん。

「ダメだ。アジア人はどいつもこいつも同じ顔に見える。新人設定ってのは、テメェがオレより若く見えるってことでいいのか」

うーん……ギリギリセーフかなぁ？

年増《としま》扱いされてたら拗《す》ねてたところだよ。

「――っと、ヤベェな。そろそろ出ねぇと」

「遅刻は大変だね」

「黙りやがれ。いいか、オレはテメェを認めてねぇ。余計なことは口にするな。もしも邪魔しやがったら、その分きっちり清算させる。覚えとけ」

「はーい」

ムッとした表情のリョウくん。

その横顔をこっそり覗《のぞ》き見ながら歩く。

ケンちゃんに誘われてから二ヵ月。いや三ヵ月くらいだったかな？　最近、時間感覚が曖昧だ。

とにかく。そこそこ時間が経《た》ったけれど、私はまだ「彼ら」について何も知らない。


プログラミングの世界には、ハローワールドという用語がある。初めてプログラムを動かした時、多くの場合は、画面にハローワールドという文字列を表示する。だから何か新しいことをする時には、ハローワールドする、なーんて言い方をしたりする。

不思議なことではない。

初めて会った人には、挨拶をするのが礼儀だ。

だからプログラマは、何か新しい世界に足を踏み入れた時、ハロー、と挨拶するのである。

ハローワールド。

私は「彼ら」の世界に足を踏み入れた。

＊　＊　＊

タワーマンション。

お散歩中、ふと見知らぬ場所でスマホの充電が切れて絶望した経験、ありませんか？　そんな時に役立つのがタワーマンションです。だいたい駅の近くにあるので目印になります。

百メートルを超える巨大な建造物。東京のコンパスとして有名なタワーマンションですが、ほとんどの方は中がどうなっているかご存知ないでしょう。

ふふ、仕方ないですね。

今から私、佐藤愛が特別に教えてあげます。

というわけで～！

愛ちゃんのタワマンレポート！　始まるよ～！

まず入口を抜けると、そこには何もありません。よくある1Kの寝室が十個くらい入る広大なスペースには、受付がポツンとあるだけです。

何ということでしょう。空いているスペースを使って部屋にすれば、きっと月に百万円くらいの収入になります。しかし上級国民は、そんなセコいことしません。

広々とした玄関！

大きな心で受け入れますというメッセージ！

嘘《うそ》です。玄関を抜けて奥に侵入できるのは、事前に許可を得た者だけです。あきれた選民思想ですね。私とリョウくんは受付でセキュリティカードを受け取りました。それをセキュリティゲートでピッとした先にあるのはエレベーターです。

エレベーターに乗って30とか40とかいうワクワクする数字をポチッとすると、物凄《ものすご》い勢いで上昇が始まります。

ふと後ろを見ると、見渡す限り青い空。もはや私を見下ろすものはありません。

下を見ると、豆粒みたいなサイズの人々。ここから人を見下ろすと、つい思ってしまいます。

君達《たち》もさぁ、早く昇ってこいよ。この高みまで。

……ご、ごめんなさい。石を投げないでください。普段オタク趣味に全振りで常に金欠気味な庶民なのでこういう時くらいイキらせてくださいっ、跪《ひざまず》け！

こほん。

エレベーターを降りた先にあるのはオフィス。

全面ガラス張りで、とっても開放感があります。窮屈で窓も無い私の古巣とは正反対です。

耳を澄ませば上品な笑い声。

しかし会話の内容は仕事の話。

「本日はお時間頂きありがとうございます」

「いえいえ、楽にしてください」

なかなか役職が高そうなおじさま。

私たちは「苦しゅうない」という許可を得て、見るからに高級そうなソファに腰をおろしました。

「ソファふかふかですね。どこのメーカーですか？」

「あー、どこでしょうね。今度確認してみますよ」

「ありがとうございます」

この方は誰でしょう。

今日知り合った方に似ていますが……んー？

「いやはや羨ましいですね。弊社まだまだ始まったばかりでして、事務所の家具なんて備え付けのものだけ。この会議室より物が無いですよ」

「ははは、最初はそんなもんですよ」

「そうですかね？」

この金髪碧眼のコミュ力オバケは、誰でしょう。

「うちも今でこそ大企業なんて言われてるけどね？　ほんの数年前は寂しいものでしたよ」

「ぜひ詳しく聞きたいですね。例えばその、創業ならではの失敗談とか」

「ほー、若いのに良い目線だね。そうそう失敗が大事なんだよね」

父と子が何か共通の趣味を語り合うみたいに白熱する会話を聞きながら、私はにっこり笑顔の裏側に沢山の疑問符を浮かべます。ほんと誰この金髪。

「さて今回お話しするのはですね……」

やがて自然な流れで始まった営業トーク。

私の頭の中には「だれ？」という単語がいっぱい。

疑問を顔に出さないためにずっと笑顔です。

決して、笑いを堪《こら》えているわけではありません。

さておき真面目な話です。

私たちの目的はイベントの勧誘。

定員は一日あたり二千人。三日間。参加費一人五万円。

「参加費は二百万円。参加人数は二十人までとさせて頂いております」

「ほー、一人あたり十万円ですか。なかなか高額ですね」

「ええ。その分、質の高いイベントですよ」

サラッと倍の値段要求したぞ？

私は驚きを隠しながら、無言を貫きます。

「大規模イベント。思い浮かぶのは、沢山のブースを見て回ることではありませんか？　弊社のイベントは全く異なります。まず参加者は全てエンジニアです。さらに、マッチングにはＡＩを使います」

「ほー、ＡＩですか。具体的には？」

あえて言葉ではなく目線を私に向けたリョウくん。相手のおじさまも釣られて私に目を向けます。

やれやれ、ここで出番ということですか。

事前の打ち合わせなどゼロですが、いいでしょう。

オタクのアドリブ力、お見せします。

「ご覧ください。スマメガです」

サッと鞄《かばん》からふたつのメガネを取り出す。

……えーっと、ここから何を話そうかな。

ごめん、アドリブ力なんてなかった。助けて。

リョウくんに救いを求める。彼は一瞬だけ鋭く目を細めたあと、美しい営業スマイルを浮かべて言う。

「参加者は全員これを装着します。相手を視界に入れた時、事前に入力された情報が表示されます」

「なるほど。その情報は、ＡＩを使って絞り込むわけですね」

「流石《さすが》、理解が早いですね。今回は簡単なデモを行います。実際に装着してみてください」

「おー、なんだかワクワクしますね」

神か？　なんだこのフォロー神様か？

コミュ力すごい。やばい。営業さんすごい。

「これは普通のメガネと同じように装着すればいいのかな？」

私に目を向けるリョウくん。いえリョウさん。

私はおっほんと喉の調子を整えて、

「はい。普通のメガネと同じです。装着すると自動で電源が入るようになってます」

「ほうほう、では早速――おっ、おお、文字が出るんですね。ほー、想像したよりも全然自然な感じだ」

メガネを装着したおじさま。

子供のようにはしゃいでいてちょっと萌《も》えます。

「メガネ似合いますね」

「ははは、そうですか？」

余計なこと言うな、というリョウくんの視線。ヒリヒリする目力です。

「では私も装着してみますね」

もうひとつのメガネを装着。

……あ、これバッテリー切れてる。

「どうかしましたか？」

「ええっと……」

ちょっと悩む。

うん、無理。素直に謝ろう。

「すみません。充電切れです。ちょっと充電するので五分ほどお待ちください」

このあとメチャクチャ怒られた。

＊　＊　＊

みじんこです。

私は、みじんこです。

プログラマ塾では、我ながら大活躍。あまりにもコスプレをボロクソ言われるので、もうずっとスーツコスですけど、とにかく接客は神レベルだったと自負しております。

思い上がっておりました。私は、どうやらコミュ障だったようです。

私が知るコミュニケーションなど、営業の世界では通用しない石ころみたいなものだったのです。

思い返せば大学を卒業してから……いえ、それ以前からずっとインドアな毎日。ヒトと話す機会は稀《まれ》でした。これで上手に会話できる方が不思議です。

反省します。

私は、みじんこです。

「そのツラで客の前に出るつもりか？　笑いやがれ」

「え、えへへ。えがおー」

リョウ様にはもう頭が上がりません。次に壁ドンされた時は、空気を読んで膝を折るまであります。

ケンちゃんは彼を天才と言っていました。

事実でした。リョウ様は天才です。事前に相手を調査して、とても自然に相手が好む話題に誘導して、ガツンと心を摑《つか》む。まるで魔法でした。

私はそれを見ているだけです。

一応、三件目くらいまでは喋《しゃべ》ってましたよ？

しかし、やらかし率百パーセント。仏の顔も三度まで。四件目以降、私は発言権を失いました。

でもめげない!!

私はみじんこから人間に返り咲くため、リョウ様の営業トークを分析しました。

まずお値段の交渉。実際には一人あたり五万円ですが、リョウ様は、大きい会社を相手にする場合は「二百万が参加費」と提案します。

大抵の相手は渋ります。

どうやら百万円を超えると予算会議が必要となり、なんか色々と面倒が増えるようです。

そこでリョウ様は切り込みます。

かなり苦しいですが、もしも百万円ならば……と本当に苦しそうな表情で言うのです。

ここで相手から「ＹＥＳ」を引き出します。

わたくし、佐藤・みじんこ・愛は学びました。

営業では相手に「ＹＥＳ」と言わせることが重要っぽいです。一度でも「ＹＥＳ」と口にした相手は、なんだかチョロくなります。

そして、一度でも「ＹＥＳ」を引き出したリョウ様は無敵です。百万円ならば参加すると答えた相手に対して、キャンセル料が無料という強気な条件で参加の申し込みを迫るのです。

営業トークはこちら。

正直、赤字ギリギリです。しかし初めてのイベントですから、名前を売りたい側面もあります。ここはひとつ、この私に投資すると思って、ご参加頂けませんか？

これがもうビックリするくらい決まる！

驚きですよ。ほんの数分で相手の心を掴んで「いいからオレに投資しろ（意訳）」という要求を通す。

まさに天才です。そして相手には「赤字ギリギリ」と説明してますが実際には正規料金。大勝利です。

一方で相手が小さな企業の場合には、一人十万円という切り口で交渉を始めます。これを徐々に値下げして……なんと、一日では決めない。

半額の五万円ならどうか。

この提案で「ＹＥＳ」を引き出した後「持ち帰って相談させてください」とあえて引き下がるのです。

ある会社を出た後、リョウ様は呟《つぶや》きました。

「あそこ八万くらいでいけそうだな」

搾り取る気満々です……っ！

ヒリヒリする営業の世界。私はもう初めて社会見学をした中学生みたいな気分でした。

「ここが最後だ」

「……あれ？　最初に来たとこ？」

見覚えのあるタワマンです。

リョウ様は「おう」と頷《うなず》いて、

「クソデケェ会社は、ひとつひとつの組織が会社みてぇなもんだ。チャンスは複数回ある。覚えとけ」

「はいっ、覚えます！」

新人らしく若々しさを発揮します。

リョウ様は再び「おう」とクールに返事。軽くネクタイを整えると、フッと息を吐きながら鋭い瞳でタワマンを睨《にら》み付けました。

「行くぞ」

かっこよ！

兄貴！　どこまでもお供しやすぜ！

＊　＊　＊

兄貴は流石の手腕でした。

相手は気難しそうな男性でしたが、華麗なトークでスマメガのデモに持ち込みました。

「ほー、これはすごいですな」

反応も良好です。これはもうラストに相応《ふさわ》しい完璧な結果が見えたようなものです。私は、成功を確信していました。

スマメガを外したあと、男性は言いました。

「素人質問で恐縮なのですが……」

ビビッと私の全身に電流が流れます。

「これ、大人数で使う時はどうするの？」

「大人数、ですか？」

「うん、そう」

それは今日はじめての指摘でした。

「見えてる人が全部ババッて表示されちゃったら、どこ見ればいいか分からないよね」

「はい、そこでＡＩが――」

「うんまあ、絞り込むのは当然だよね」

言葉を遮って、男性は質問を続けます。

「でもさ、そもそもどうやって相手を特定するの？」

「……特定、ですか」

「電波とか飛ばすのかな？　少人数ならそれでもいいけど、百人も二百人も居たら、無理じゃない？」

鋭い指摘です。

それを受けて、リョウ様の表情が硬くなります。

「ちゃんと試験した？」

「……」

一瞬の沈黙。実際に流れた時間は数秒かもしれません。しかし、体感では一分にも二分にも引き伸ばされた嫌な時間でした。

短い会話で分かります。相手は熟練の技術者です。生半可な説明では納得してくれないでしょう。

「……それは、ですね」

「ああ、分からないなら分からないでいいよ？」

言い淀《よど》むリョウ様。

男性は話を遮って言います。

「いや最近多いんだよね。とりあえずＡＩみたいなの。悪いとは言わないけどさ、もっと深く考えた方がいいよ？」

「……はい、恐れ入ります」

それは事実上の敗北宣言でした。

グッと握り締められた拳。無理矢理作った笑顔には悔しさが滲《にじ》み出ています。一方で男性は、もう興味を失ったような表情をしていました。

私は口を開こうとして、息を止めて唇を噛《か》みます。

今日この瞬間までに三度チャンスがあって、その全てで失敗したばかりです。その度に、フォローされていました。迷惑をかけてばかりでした。

今度は私がフォローする。

かっこいい。でも実際にやるのは難しいです。傷口に塩を塗ることになるかもしれません。

それは、とても怖い。

失敗は怖い。きっと誰でも同じです。

パンッ、と自分の頬を叩く。

これは気持ちを切り替えるためのルーティン。

戦いに挑む前の、ちょっとした儀式。

「シミュレーターがあります」

初めての発言。

二人から視線が向けられる。

「ここからは、私が説明します」

もう後戻りはできない。

これは私の知らない世界。

間違えて当たり前のプログラミングと違って、発言のひとつひとつが一回勝負で、取り消すことを選べば信用を失う世界。

勝算は無い。

でも……ここで黙っていられるほど賢くもない。

「起動します。危ないので目を閉じていてください」

ぽかんとした様子の男性。

「あの、本当に危ないので目を閉じてください」

「……ああ、はい。閉じればいいのね」

目を閉じた男性。

それを確認して、私はスマホの専用アプリで相手のスマメガを遠隔操作する。

「完了です。目を開けてください」

「……これは」

不思議そうな顔をする男性。

隣には不安そうな目で私を見る蒼《あお》い瞳。

私は心臓がバクバク騒ぐのを感じながら、説明を始める。

「えと説明なんですけど。ビュンビュン飛んでる緑色の線がセンサから飛ばした電波です。赤くなったのは他と衝突してエラー起きた奴です。見て分かる通り、あちこち真っ赤です」

「はいはい、なるほど。関係ない質問かもしれないですけど、これはどういうソフトウェアを使っているのですか？」

どういうソフト……えっと、えっと、

「すみません、名前とか決めてないですね。シミュレーションしてるからシミュ君とかですかね？」

「シミュ君……えっ、これ貴社の内製ですか？」

「はい。多人数でスマメガ使う場合をシミュレートしたかったので、えいやって作りました」

「あなたが？」

「はい」

ぽかんとした表情。

……何か失敗した？　……あっ、そうか。無名のソフトウェアだと信頼性とか説明しなきゃダメだよね。どうしよ資料なんて用意してない。えっと……

「……これだけの数のオブジェクトを処理してメガネが熱くならないのか」

「あっ、演算はサーバでやってます。本体は画像を受け取って描画してるだけです」

「なるほど。いやそれでも静かですね」

……セーフ、なのかな？

「さてシミュレーションしてセンサはダメだと分かりました。それから？」

「はい。代替案としてスマホを参考にしました」

「スマホですか」

私はとっても早口で説明を続ける。

「スマホが移動しながらでも電話できる仕組みがあるじゃないですか。あちこちに基地局があって、最寄りの基地局に繋《つな》ぐアレです」

「あーなるほど。管理用の基地局みたいなの用意したわけですね」

「多分ちょっと違います。それだと個々の位置が特定できません」

「ほう？」

息を吸って、

「全てのスマメガを基地局に見立てて、周辺機器との相対的な位置関係を取得しました。次に全情報を一台のサーバに集約して、個々の位置を特定してます」

「なるほど。絶対座標ではなく相対座標で特定するわけですな。でも肝心の位置関係情報はどうやって取得するのですか」

ここからはもう専門用語の連続。

私は何度か嚙みながら、無我夢中で説明を続けた。

相手からは何度も鋭い質問があった。途中から口頭で説明するのが難しくなって、紙に簡単な図や数式を書いたりした。どんどん白熱して、予定の時間を過ぎても質問が続いた。

余計なことを考える余裕はない。私は、無我夢中で説明を続けた。そして——

「…………」

男性は少し疲れた様子。ソファに深く座って、視線を上に向けている。

私は、まな板の上の鯉《こい》みたいな心境で、次の言葉を待った。

「お名前は、なんでしたか」

「佐藤です。佐藤愛」

男性は姿勢を正すと、朗らかな表情を浮かべる。

「このイベントでは貴女《あなた》からも話が聞けるのですか」

「ええっと……はい。私も参加すると思います」

「なるほど」

僅かな沈黙。

心臓の音が煩《うるさ》い。

「参加費は二百万でしたか？」

「はい……えっと、いくらか値下げもできますよ」

「いや、結構」

男性は値下げの提案を拒絶して、私に向かって大きな手を伸ばす。

「格安だ。ぜひ参加させてください」

＊　＊　＊

挨拶をして、会議室を出た。それからエレベータで一階に戻って、セキュリティカードを返却した。

その間、無言。

私は放心状態だった。

結果は理解している。

どうやら、上手《うま》く行ったらしい。

しかし自分が何を話したのか、どうして上手く行ったのか、今どういう状況なのか、ピンと来ない。

ぼんやりと、少し小柄な同僚の背中を追いかける。

ここに来る前よりも歩幅が小さく思えた。どこか寂しげな背中を見ていると、蒼い瞳をギラギラさせて、ドスの利いた声を響かせていた姿が嘘みたいに思える。

ちょっと駆け足、隣に立つ。

彼は前を向いたまま私を一瞥《いちべつ》してボソッと呟いた。

「ケンタさんの夢、少しだけ分かったよ」

「ケンタちゃんの夢?」

舌打ち。まさかの。話しかけるなオーラ全開。

私はハァと息を吐く。いまさら嫌な気はしない。ただ、ちょっぴり残念な気分。そう思った直後だった。

「……助かった」

三歩、慣性に従って前に進む。

足を止める。彼は止まらない。

私は――走った。

「おや、おやぁ？　おやおやぁ？」

放心状態終わり！

センチメンタルなんて吹き飛んだ！

「ねぇ何か言った？　言った？　言ったよね？　ほらもっかい言ってごらん。ねぇもっかい言って！」

「うっぜぇなクソ女！　視界に入ンじゃねぇ！」

正面に立って後ろ歩きで反復横跳び。右に左にぴょんぴょんしながらアンコールを求める。

「もっかい！　ほらもっかい！」

頬《ほ》っぺたピクピクさせるリョウ様くん。

「ねぇほらもっかい言って！　もっかい！」

煽《あお》り続ける私。

次の瞬間、彼は目を見開いて私の腕を摑む。それから私は、想像以上に強い力で後ろに引っ張られた。

ある程度の反撃は覚悟して煽っていたけれど、思わず真顔になるほどの勢いだった。

彼は私から手を離すと、つまらなそうに言う。

「ガキかよ、テメェ」

どこか安堵《あんど》したような声だった。不思議に思った直後、彼の背後をトラックが走り抜ける。

「……ごめん、ありがと」

調子に乗り過ぎた謝罪と、助けられたお礼。

視線が重なる。周囲に植えられた木々が揺れる。

少し長い静寂。

切り裂いた彼の一言は、汚い言葉だった。

「オレぁエンジニアっつぅ連中をクソだと思ってる」

直球だった。流石にムッとする。

でも口は挟まない。私は、続く言葉を待った。

「今になって思う。リオじゃ毎日が営業だった。歩き回って、情報とブツを集めて権力者に媚《こび》を売る。隙を見せたら奪われる。逆に見つけたら掠《かす》め取る」

彼は言葉を切って、

「それができねぇヤツは死ぬ」

ゾッとするほど冷たい言葉。比喩でも誇張でもない。きっと彼が言葉にした通りの意味なのだろう。

それは、私が全く知らない世界の当たり前だった。

「ロクに喋れねぇエンジニアっつぅ連中が、どうして生きてられんのか不思議で仕方なかったよ。……オレは、ケンタさんと出会って人間になった。本気で尊敬してる。だからあの人の夢は手伝う。だが、どうしても理解できなかった」

淡々とした声。周囲から見れば、私達は普通に会話しているようにしか見えないだろう。しかし、言葉の端々から痛いほどの感情が伝わる。

もちろん伝わるだけで理解はできない。

同じ言語なのに、その内側にあるものが全く違う。

「今日よく分かった。使ってる言葉がチゲェ。理解できるわけがねぇ」

彼は降参といった様子で両手を挙げた。

「…………」

そして再び私を真《ま》っ直《す》ぐ見た。

私も視線を逸《そ》らさず、受け止める。

果たして、彼は何も言わず目を逸らした。

そのまま何歩か歩いて、歩いて、歩いて――

「ちょちょちょっ、終わり!?」

思わず突っ込む。

ソードマスターもビックリなレベルの打ち切り。私はモヤモヤしたまま。これで納得するのは無理！

「続きは!?　無いの!?　ひどくない!?」

「うるせぇ黙れ。テメェはもう用済みだ。引きこもってパソコン弄《いじ》ってやがれ」

「むきぃぃ――ッ！　仏の愛ちゃんも助走つけて殴るレベルだよ！　ちょっとキミ口が悪過ぎ！」

プッツンする私。

鬱陶しそうな顔をされた。

あーもう何こいつ！　我慢して損した！

腹ペチしてやる！　くらえ！　くらえ！

「…………だ」

「なに!?　何か言った!?」

ギュッと、肩を掴まれる。

ビックリして口を閉じる。

金色の前髪、蒼い瞳、白い肌。

乱暴で横柄で小柄な青年は、私を見上げて言う。

「魂に刻んだ。だからもうテメェは必要ねぇ」

……？

「テメェはテメェの仕事をしやがれ」

ええっと、つまり……？

「勘違いすんじゃねぇぞ。オレはまだテメェを認めてねぇ。ゴミからパソコン使えるヤツ程度に格上げしただけだ」

ぽかんと、再び足を止めた私。

彼は視線を外して、帰路を進む。

考える。どういう意味だ？

とりあえずツンデレさんなのは分かった。

そのうえで愛ちゃんのオタクパワーをフル回転させて彼の言葉を強引に解釈すると……

――魂に刻んだ。

貴女の言葉を胸に刻みました。決して忘れません。

――だからもうテメェは必要ねぇ。

営業を手伝う必要はありません。私は、もう一人でも大丈夫です。

――テメェはテメェの仕事をしやがれ。

貴女は、貴女にしかできないことをしてください。

――勘違いすんじゃねぇぞ。

好きです。

翻訳完了!!　あーもうツンデレ！　めんどくさ！

私は走る！　追いついて、彼の耳元で叫ぶ！

「めんどくさあああああ!!」

「うっせぇっ!?　ふざけんな頭沸いてんのか!?」

「お前が言うな！」

「あぁ!?」

ぎゃーぎゃー騒ぎながら、道を歩く。

――育ちが悪い。

――根は良い奴。

リョウは、私が知らない世界を生きている。

私もまた、リョウが知らない世界を生きている。


それぞれの世界に一歩だけ足を踏み入れた。

だから私は、ちょっと汚い挨拶をする。なぜなら、郷に入っては郷に従うのが礼儀だからだ。

「よっしゃ！　事務所まで競争ね！」

「くだらねぇ。黙って歩きやがれ」

「ぷーくす。負けるのが怖いのかな？」

「上等だコラ。格の違いを教えてやる」

「じゃあやーめた」

「あぁ!?」

今度は私がリョウの前を歩く。テクテク歩く。

やがて背中から大きな溜息。そのあと、ふっと笑う声がして、

「おもしれー女」

ぶふぅーっと私は吹き出した。

「ねぇ、それ狙ってる？　狙ってるよねさっきから」

無視される。私はめげずに煽る。事務所に到着するまで続ける。

ハローワールド。新しい世界の友人に、挨拶をする。

＊　＊　＊

「――では、注文はそちらの端末からお願いします」

き○ぐ！

立地が悪いことを除けば最強の焼肉食べ放題店。

メニューの種類、質。どちらも最高に最強な楽園。

「それじゃ、佐藤さんからどうぞ」

「ん、ありがと」

ケンちゃんから端末を受け取る。まずはメロンソーダ、それから肉とサラダを注文して……

「壁を感じる」

「かべ？」

「なんでそっち三人？　狭くない？」

四人用の座敷席。一方には私が一人。もう一方には成人男性三人。

指摘を受けたケンちゃんはにっこり笑って言う。

「今日は佐藤さんが主役だから」

「嬉しいけど……まあリョウちっちゃいから平気か」

「黙れイカれ女。縮ますぞコラ」

「はいはい。いっぱい食べて大きくなってね」

お分かり頂けたでしょうか。

クソ女からイカれ女にランクアップしております。いつか愛ちゃんと呼ばせたいものですね。

「ん、私終わり。次どうぞ」

リョウに端末を差し出す。

彼は私を睨みながらも素直に受け取った。

「だいぶ仲良くなったね」

「冗談やめてください。有給使いますよ」

「いやそれは普通に使っていいからね？」

うむうむ、ご飯が進みそうです。

なんというかもう幸せです。何が幸せって翼様が端末ガン見してウズウズしていることです。かわいい。

「あっ、そういえば三人ともお酒飲まないんだね」

ふと思い出して発言した。ドリンクの飲み放題にはアルコールが付くコースもあったけれど、それは誰も選ばなかった。

「ちょっと不思議。大人が四人集まって誰も飲まないって珍しい気がする」

「あんなもんコスパ最悪だろ。ケンタさんをその辺の雑魚と一緒にすんな」

「リョウ、褒めてくれるのは嬉しいけど、他の人を貶《けな》す言い方はやめよう」

「……はい。すみませんした」

こいつケンちゃんにはデレデレである。

そして仕事中は別人のように丁寧な好青年だった。

……えっ、もしかして塩対応されてるの私だけ？

悲しいので翼様を見る。

ずっと端末を凝視しててかわいい。癒やされる。

「まあでもあれだね。ボクは飲む機会が無かったのもあるけど、脳にダメージがあるという研究成果を知ってからは、意識的に避けてるかな」

「え、なにそれ怖い」

「怖いよね。テレビで中毒者を見るとゾッとするよ」

知らなかった。やっぱりメロンソーダが一番だね……。

私が心の中で緑の悪魔に忠誠を誓っていると、注文を終えたリョウがケンちゃんに端末を渡した。

「ありがと。ボクはまず飲み物だけでいいかな。翼は何を飲む？」

「お肉」

「水だね」

えっ、おみず？　おにくって言ってなかった？

「食べ物は？」

「貸して」

「ダメ。翼は頼み過ぎるから」

「……」

ムッとする翼様。

ぁゎゎ……ご飯特盛にしなきゃ。

そんなこんなで注文終了。

数分後、全員のドリンクが揃《そろ》ったところで乾杯。私は緑色のシュワシュワをチビチビ飲む。

「んー！　やっぱり砂糖モリモリで最高だね！」

クスッと吹き出した翼様。

ぁゎっ、なに？　なにかおかしかった？

慌てた視線を向けていると、胸がキュンとする笑顔で解説してくれた。

「佐藤さんは、砂糖が好き」

ツボ浅い！　なんだこのイケメンっ、ほんとかわいいなもう！

「えっと、翼さ、んは、営業なんだよね？」

あっぶない翼様って言いかけた。

「うん、営業だよ」

にっこり返事をした翼様。

私はそのふんわりした表情をジーッと見て言う。

「……想像できない」

「あー分かる。翼はオンオフ激しいからね」

え、オンオフあるの？　まさかまさかリョウみたいに仕事中はしっかりした感じになるの？　なっちゃうの？　それは……それはもう……それは……それはああああああ!!!

「佐藤さん、ゆっくり食べよう」

「無理です！」

「いやいや――こら翼、張り合おうとしない」

さて、私が騒ぐ一方で、リョウは黙々と肉を焼いていた。拘《こだわ》りがあるのか一枚ずつ焼いている。それを何だか上品な感じで食べている。めっちゃ美味《おい》しそうに食べている。

「えいっ」

「おう、さんきゅ」

怒らないだと!?

イタズラするつもりで他の肉を皿に入れたら普通に感謝されてしまった！　納得できない！

「……」

ぁわわ、翼様が寂しそうな目で……あっ、今の翼様が育ててる肉だった？　ご、ごめんね。私の育てたカルビあげるから許して？

「ありがとう」

ぁわわ、笑顔眩《まぶ》しい。

「おかえし」

キャベツくれた！　いらない！

「そういえば佐藤さん、最初に会った時メロンソーダで酔ってなかった？」

「さいしょ……？」

記憶を検索する。

思い出した。ファミレスで荒れてた時だ。

「やだなー、シラフだよ。メロンソーダで酔うわけないじゃん。おっかしー」

「……そっか」

含みがある言い方だけど気にしない。

そんなこんなで、私の歓迎会と称した焼肉食べ放題は続く。

何かイベントがあるわけではなくて、普通に食事をするだけの時間。

私は満腹になったあたりで、ふと三人のことを考えてみた。

翼様はかわいい。

リョウはツンデレ。

そして、ケンちゃんは幼馴染。泣き虫なのは変わらないけど、昔と今では随分と印象が違う。スタートアップを立ち上げるようなイメージは全くなかった。なんとなくタイミングを逃し続けているけれど、いつか聞いてみたいと思う。いや、今聞こう。

「ねぇケンちゃん」

お肉を食べていたケンちゃんが目線を上げる。

私は少しだけ考えて、ストレートに質問することにした。

「ケンちゃんは、どうしてスタートアップを立ち上げることにしたの？」

「うーん、一言では難しいね」

口元を手で隠して返事をしたケンちゃん。

それから箸を置いて、水を口に含むと、少し困ったような表情をして言った。

「また今度、静かな場所で話そうか」

「……うん、そだね」

言われて納得する。たしかに、他の人達の悲鳴みたいな大声が聞こえる場所で話す内容ではなさそうだ。

……気になる。

それから席の時間が終わるまで、私は三人の食事姿を見たり、リョウをからかったりしていた。

本当に楽しい時間だった。

だからこそ、それが気になった。

……すごく気になる。

シンプルな理由。

きっとそれは、私だけが知らないことだから。そんなのは仲間外れみたいで寂しい。

よし決めた。

帰り道に聞いてやる。絶対逃がさない。

ゼッタイ逃がさないからな！　覚悟しろ鈴木！

side - 最後の分岐点

「アンケートの結果、社内の満足度は向上していることが分かりました」

怯《おび》えるような声で、秘書は報告をする。

「ほとんどの社員が、以前よりもやりがいを感じるようになったと回答しています」

しかし、と言葉を切る。

「業務効率は、改革以前と比較して激減しています。特に管理職の負担が重いようで……いくつかの報告に、不備が見受けられます」

秘書は〝不備〟と濁すような表現をした。

しかし、新社長は正確な意味を理解する。

「それは主に、システムによる影響を受けた組織という認識で良いかね」

「……はい」

「深刻になる必要はない。ありのまま報告してくれ」

新社長は笑みを浮かべて言う。

「正しい会計処理をした場合、次の決算はどうなる」

「……創業以来の赤字となります」

「報告を正とした場合は？」

「その場合は、計画通りの数字となります」

計画通り。つまり大幅な増収増益ができるとして株主などに発表した通りの数字を意味する。

「計画通りの数字を押し通した場合、キャッシュは何年持つだろうか」

「社長っ、それはっ」

「ただの質問だよ。直《す》ぐに計算できなければ赤字額を教えてくれればいい。こちらで計算する」

秘書は息を呑む。

「最大で四年。早ければ、二年ほどで債務超過になるかと」

「ふむ、二年か」

その表情や声音から心理を読み取るのは難しい。故に秘書は推測するしかない。

残り二年。

現状、社内の業務は二割が完全に停止している。原因は、これまで全業務を管理していたシステムが制御不能になったこと。

新社長は、システムの復旧を断念した。

それは経営者として異常な判断ではない。特定の人物しか管理できないようなシステムに依存していた過去の方が間違っている。故に新社長は、損失を被《かぶ》ってでも改善を目指す判断を下した。

問題は社員の方だ。制御できなくなった二割の業務は、手作業に切り替わっている。これを管理監督する手が足りていない。必然、残業を避けるために様々なチェックが甘くなる。忙しい人間を騙《だま》すことは、機械を騙すよりも遥《はる》かに容易《たやす》い。

横領、改竄《かいざん》、そして粉飾。

社内は、ゆっくりと秩序を失っていた。

ここで社長が取れる選択はふたつ。

問題をひとつひとつ解決するか、逃げること。

どちらにせよ期限は二年間。

仮に後者を選んだ場合、後任に責任を押し付ける必要がある。それには——数字を改竄する必要がある。

沈みゆく船の穴を塞ぐのか。

それとも何も知らない誰かに押し付けるのか。

新社長は葛藤していると、秘書は判断した。だが、それは完全なる誤解である。

新社長は「二年」という数字を聞いた瞬間に思考を切り替えた。二年あれば社内の問題を取り除くなど容易いことだ。最悪、無法地帯となっている組織を解体すれば良い。大幅な減収減益となるだろうが、決算では自らのキャッシュを使用して帳尻を合わせることができる。単なる投資だ。いくらでも回収できる。

——尤《もっと》も、その場合は会社を捨てるだろうが。

「よろしい。明日までに結論を出そう」

「明日、ですか」

「ああ、明日だ」

新社長は笑顔を崩さない。

それは秘書の目からとても不気味に見えた。

「次だ。佐藤愛の調査はどうなっている」

秘書は疑問に思う。

社長の意図が分からない。佐藤愛の調査などより、最大の問題について議論する方が重要なはずだ。

佐藤愛を連れ戻せば社内の混乱は全て収まる。だが彼女との交渉は失敗している。彼女の再就職先と、その動向を調査して……いや、まさか社長には、佐藤愛を連れ戻すアイデアがある？

例えば、再就職先を買収すること。

これは極端な例だが、不可能ではない。

もう一度、社長の表情を見る。

とても穏やかで余裕を感じられる表情。それを見た秘書は、何か名案があると確信した。

「はい、報告いたします」

秘書は笑みを浮かべる。

やはり、この方は信頼できると感じていた。

だが、残念ながら新社長は秘書が想像したようなアイデアなど全く検討していない。

その心にあるのは、逆恨みによる復讐《ふくしゅう》だけ。

「……ふむ。大規模なイベントの開催か」

「はい。参加費は一社あたり百万円として、あちこちで営業活動を行っているようです」

「なるほどなぁ」

新社長の笑みが醜悪なものに変わる。

「大規模ということは、それなりにコストが必要なのだろう？」

「はい。具体的な数値は不明ですが、仮に利益率を五割として計算しても、コストは一億円を超えるかと思われます」

「一億か。我々からすれば端金《はしたがね》だが、彼らからすれば貴重な大金だろうなぁ」

そこで秘書はピンと来る。

「なるほど、そういうことですね」

要するに、イベント開催の支援、出資を行うということだ。その見返りとして、システムの復旧、もしくは他社員の教育を求める。強引な買収を行った場合、相手と敵対するリスクがある。しかし支援などの方法ならば、友好な関係を築ける可能性が高い。

「ああ、そういうことだとも」

笑みを浮かべた秘書に向かって、新社長は言う。

「そのイベントがダメになれば、佐藤愛は大きな打撃を受けるわけだ」

「……はい？」

全く予想と異なる発言。秘書は目を丸くした。

「しかも、それが自分のせいであると知れば、それはそれは悲しい思いをするだろうなぁ」

「……あの、支援をするのでは？」

「支援？　ははは、面白い冗談だ」

新社長は心底楽しそうに嗤《わら》う。

「この私をコケにしてくれたのだ。その咎《とが》を償うのは当然じゃないか」

「お言葉ですがっ、それはあまりにも……っ」

秘書は咄嗟《とっさ》に息を止めた。

あまりにも愚か。その言葉を伝えた場合に、自分がどうなるのか。それを考えたら、続きを口にすることができなかった。

「あまりにも、なんだ？　言ってみなさい」

「……それは、その」

掠《かす》れた声。そのあとで荒々しい呼吸音が空気を揺らす。

秘書はあちこちに目を泳がせる。やがて新社長に目を戻した時、思わず悲鳴をあげそうになった。にこやかに笑うその表情が、あまりにも恐ろしかった。

「……佐藤愛が、哀れだなと」

「はは、それでは私がいじめっ子のようではないか」

「……いえ、その、ははは」

――これが最後の分岐点。

新社長は、敵対することを選択した。

最終話

夢物語のその先へ

「わたしこれきらい」

幼い日の記憶。

佐藤さんと一緒にアニメを見ていた時の記憶。

「えー！　ザビレンジャーちょうかっけーじゃん！」

「きらい。わるものじゃん」

佐藤さんは、戦隊ヒーローを悪者と表現した。

「どうしてビラーのはなしをきかないの」

ビラーというのは悪役の名前。

「ヒーローは、ひきょうだよ」

「ちがうよ！　ビラーがわるものだからだよ！　だってみんなにいっぱいめいわくかけてるもん！」

ボクは佐藤さんの考えが理解できなかった。

「ヒーローのせいじゃん」

だから、とても印象に残っている。

「ちゃんとはなしをして、いっしょにかんがえれば、ごめんなさいして、なかよくできるもん。でもヒーローは、いつもぼうりょくばっかり」

そして、大人になった今なら理解できる。

「……わるものなんて、いないのにな」

佐藤さんが口にしたのは、夢物語だ。

「あいちゃんおかしい！　さっきザビレンジャーをわるものっていった！」

「うるさい！　いってない！　ばーかばーか！」

「バカっていうほうがバカだ！」

悪者は存在する。どうあっても分かり合えない相手は存在する。

全てのヒトが悪者と戦っている。だからヒトは悪者をやっつける物語を好む。

誰もが勝利を求めているからだ。そして、それを心地良いと感じるからだ。

しかし、忘れてはならない。悪者を退治するのもまた、悪者なのだ。

そして悪者は、いつか必ずやっつけられる。

＊　＊　＊

鈴木健太の両親は、共にエンジニアだった。当時としてはコンピュータを扱える貴重な存在であり、今日に繋《つな》がる重要なシステムの設計開発に携わっていた。

彼の両親は、いつも仕事の話をしていた。必然的に彼は両親の仕事に興味を持った。しかし、将来の夢はパパとママみたいなエンジニアになることです、とはならなかった。

彼は、いつも二番だった。

運動では身体が大きい同級生に勝てない。勉強では近所に住んでる女の子——佐藤愛に勝てない。

それは中学生になっても、高校生になっても同じだった。どれだけ成長しても、環境を変えても、いつも必ず自分より凄《すご》い人が居て、どうしても一番になれない。

パパとママは一番だ。二番のボクは、あんな風にはなれない。

ハッキリとした自覚は無い。しかし、心のどこかで諦めていた。

もちろん一生懸命に頑張る。自分が一番になることはないのだろうと思いながらも決して手を抜かない。

だから負けると悔しい。彼は、いつも泣くことで感情を吐き出していた。

男が泣くのは恥ずかしい。男子は「うぇーい」と嘲笑する。女子は「ぷーくす」と肩を震わせる。そして佐藤愛は「——おら！　もっと泣け！」と追い打ちをかける。そのうち彼がかわいそうになって、みんなが「愛ちゃんやめなよ」と注意する。果たして誰も彼を笑わなくなった頃、佐藤は素直にごめんなさいする。そのあと、なんだか気まずい感じで授業が始まる。やがて誰かがクスッと吹き出して先生を困惑させる。

彼女の周りには、いつも笑顔があった。しかし彼女を「太陽のような存在」等《など》と表現するのは少し違う。

そんなに高尚な人ではない。彼女は、弱っちい悪者だった。彼女をやっつけると皆が笑顔になる。皆という言葉には、彼女自身も含まれている。

きっとそれは夢物語。彼の人格は理想の世界で醸成された。

負けることは当たり前。だから、どれだけ無様に負けても決して俯《うつむ》かない。

理想の世界を知っている。だから、目指すべき場所が如何《いか》に遠くとも、決して歩みを止めない。

彼は異常だった。普通は負ければ悔しくて嫌になる。あまりにも理想が遠ければ諦める。

だから彼は──追いかけ続けた背中が見えなくなった瞬間、迷子になった。そして、暗闇の中で出口を探すみたいに、何度も壁にぶつかりながら歩き続けた先で、再び彼女と出会った。

「──さて、何から話そうか」

公園。都内にしては珍しく滑り台やブランコ、鉄棒などの遊具がある。

人影ふたつ。星が見えない明るい夜空の下、鈴木と佐藤は立っていた。

他の二人は先に帰宅した。公園の周辺には民家があるものの、駅から遠い場所だからか人通りは無い。

「佐藤さんは、何から聞きたい？」

独り言のような小さな声。それがハッキリと愛の耳に届く程度に、静かな公園だった。

「……」

視線が重なる。

佐藤の目を見て、鈴木は少し緊張した。

彼は思う。彼女は、いつもふざけているように見えるけれど、実はＡＩみたいに先のことを考えている。自分では想像もできないようなことを、とても深く考えている。

今、彼女の脳内では、どのような言葉が浮かんでいるのだろう。表情から読み取ることは難しい。悩んでいるようにも見えるし、リラックスしているようにも見える。

軽く唇を噛《か》んで、第一声を待った。

「……ごめん」

「えっ？」

思わず聞き返した。その言葉は全く予想できなかった。

彼女は長く息を吐きながら肩を抱く。そして、ちょっぴり気恥ずかしそうな表情で、言った。

「寒いからネカフェとか行かない？」

空を仰ぐ。なんというか、もう……

「うん、いいよ」

本当に自由な人だと、そう思った。

＊　＊　＊

——わるものなんて、いないのにな。

二十年前。彼女は戦隊ヒーローを見て呟《つぶや》いた。

「っしゃー！　いけ！　トドメだー！」

現在。彼女は全力で魔法少女を応援している。

ネットカフェ。二人用の個室。普通ならば少しはドキドキする状況なのだろうが、ボクの頭には「うるさいな」という感想しかない。

「ひゃー、おもしろかったー」

ご満悦。笑顔でモニタに向かって拍手するその姿は、とても自分と同じ年齢には見えない。子供みたいにキラキラ輝く瞳と、見ていて心が落ち着くような笑顔。それっぽいメイクをすれば、高校生と言い張ることもできるのではないだろうか。

「んー？　なに見てるの？」

目が合う。アニメは、いつの間にか終わっていた。そしてボクは、ずっと彼女を見ていたことに気がついてハッとする。

……何か、ごまかさないと……ごまかすって、何を？

言葉が出ない。ボクが言語化できない感情に戸惑っていると、彼女は何かに気がついた様子で口を開いた。

「あっ……どうだい？　緊張は解《ほぐ》れたかね？」

謎の上から目線。大方、すっかり本来の目的を忘れていたけれど、緊張を解すためにアニメを見ていたと言い張るつもりなのだろう。

「本当に、まったく君は……」

「なんだよぅ」

「いや、なんでもないよ」

「なんだよ言えよ。気になるじゃんか」

えい、えい、と肘でつつかれる。すると、なんだか無性に懐かしい気分になって、笑みが溢《あふ》れた。

「なに笑ってんだよ」

「佐藤さんにはよく泣かされたなって」

「えー？　むしろ慰める側じゃなかった？」

「それはない」

きっぱり否定する。

佐藤さんはムッとして、八つ当たりみたいにモニタの電源を切った。

「ケンちゃんナマイキになった」

「佐藤さんは、昔から変わらないね」

「そーゆーとこ。何が佐藤さんだ愛ちゃんと呼べ」

「やだよ。なんか子供っぽい」

「ははーん？　ケンちゃん照れてるな？」

新しい玩具《おもちゃ》を見つけた子供みたいな佐藤さん。ボクの肩に肘を乗せて、うざったく絡んでくる。

「個室で密着。心の中では、ぐへへ、なんだこいつ、良い匂いがするぞ、とか思ってるんでしょ」

「思ってないよ」

本当に心の底から全く思ってない。と口にしたら不機嫌になりそうなので、曖昧に笑ってごまかす。

「ほんとは照れてるんでしょ」

「照れてない」

「またまたー」

流石《さすが》にちょっと鬱陶しい。

ふと思い付いて、佐藤さんに目を向ける。

きっと普通ならドキドキするような距離。ボクはしっかりと彼女の目を見て、仕返しをする。

「愛ちゃんは、綺麗《きれい》になったね」

驚いた表情。それを見て笑う。

「おまえ、こら。思ってないだろ」

「いや、思ってるよ」

「せめて笑わずに言え！」

目を逸《そ》らす。背中をぽかぽか叩《たた》かれる。

「ケンちゃんもそこそこかっこよくなったね！」

「ありがと、そこそこね」

「で、そこそこかっこいいケンちゃんはどうしてスタートアップなんか立ち上げたの？」

「急に来たね」

攻撃をやめた佐藤さん。

「ほらほら、ちゃちゃっと話しちゃって」

「はいはい、ちゃちゃっとね」

ボクはこほんと軽く喉の調子を整える。

「きっかけは、尊敬していた人が亡くなったことかな」

「ごめん重い。もうちょっと段階踏んで」

「ちょっと注文多くない？」

「多くない」

いや多いでしょ。言葉を飲み込んで、少し考える。

「ごめん、思い付かない」

「……どういう人だったの？」

「とても優秀なエンジニアだった。本当に、とても優秀だった」

二番にしかなれないボクと違って、彼は一番になれる存在だった。

誰よりも優れた才能があって、誰よりも努力していて、誰よりも結果を残していた。彼は、歴史に名が残ってもおかしくないような天才だった。

しかし彼は、急死した。いわゆる過労死だった。信じられなかった。何か、取り返しのつかない物を失ったような喪失感があった。

葬式は閑散としていた。

ボクと、家族と、おそらく数名の会社関係者。

「不思議だよ。ヒトは頑張るほど孤独になる」

独り言のように、呟いた。

「さっき見たアニメの主人公なんかは、頑張るほど応援される。でも現実は違う。頑張るほど普通の人とは違う存在になって、どんどん孤独になる」

おかしいとボクは思った。おかしいだろと、心の中で叫んでいた。

彼には夢があった。貧しい家庭に生まれた彼は、誰も貧富の格差なんか気にしなくても良くなるような、これから生まれてくる子供たちに平等な選択肢を与えられるような、そんな世界を作ろうとしていた。

途方もない夢だ。しかし彼ならば実現できると思った。そう思わせてくれるような人だった。

彼は、ひっそりと息を引き取るような人じゃない。もっともっと、それこそ世界中から惜しまれるような、そういう人間だった。

ぽっかりと胸に穴が開いたような気分で、ボクは一年の時を過ごした。その時間で、ボクの目に映る世界は、すっかり変わってしまった。

気が付いた。

彼は、特別なんかじゃない。

「凄い人が、あちこちに居る。独りで、頑張ってる」

怖くなった。

優れた才能を目にする度に、また失われてしまうのではないかと恐怖した。

「間違ってる」

心が震える程に、強く思った。

「だからボクは……ボクが、世界を変える」

二度と過ちを繰り返さないと決意した。

「まあ、失敗ばかりだけどね」

佐藤さんに目を向けて、ごまかすように笑った。さっきまで騒がしかった彼女は、しかし笑ってくれない。ボクは少し俯いて、これまでの失敗を思い出す。

まずは誰かの背中を押そうと思った。未経験でも構わない。何か壁にぶつかって前に進めないでいる人の手助けをしようと考えた。

知人を何人か指導した。

激しい温度差を感じて、絶望した。

プログラミングを学びたいと言った知人は、ボクに言った。

いや、そこまでガチじゃないから。

営業を学びたいと言った知人は、ボクに言った。

とりあえずノルマ達成したいだけだから。なんかテク教えてよ。

そのうち気が付いた。

世の中には、頑張れる人と、頑張れない人が居る。

ボクが応援したいのは前者の人間だ。

そして頑張れる人間は、誰かに頼ることなく、自分の意思で何かを始める。

だから真のプログラマ塾では未経験NGとした。

ボクが使えるリソースは限られている。無価値な人間に使うのは無駄だと感じていた。

きっとイライラしていた。

それまでボクは自分より優れた人だけを見ていた。自分より劣った人に目を向けるのは初めてだった。

その世界はあまりにも……あまりにも、絶望的だった。

「心が折れそうだったよ。最善だと思ったことが、実は全然ダメ。原因を考えて、もっと良いアイデアを生み出せたと思ったら、それもダメ。そんなことの繰り返し。悔しくて悔しくて……それでも、諦められなかった。正直、途方に暮れていたけどね」

彼女と——佐藤さんと再会したのは、そんな時だった。

「…………」

言葉を飲み込む。

君に会えて、本当に良かった。なんて本音を口にするのは、とても気恥ずかしい。

佐藤さんは、尽《ことごと》くボクの常識を壊してくれた。

初めての接客。

ボクは正直ダメだと思っていた。

隣に魔法少女のコスプレをした女性が居る状況で、社会人の男性に技術的な指導を行う。前代未聞だ。

彼は佐藤さんを一目見た瞬間「あーこれ失敗したわ」という表情をした。ボクはあの表情を生涯忘れないだろうと思う。

それでも、どうにか無料体験を良い雰囲気で終えることができた。本当に幸運だったと思う。だから、佐藤さんがお客さんのプライベートにガツガツ口を出した時には心臓が止まるかと思った。せっかくの幸運が台無しになったと絶望した。

しかし、結果は良好だった。

彼が残した口コミと、その後に届いた定期受講の申し込みを見て、信じられない思いだった。

コスプレについてはボロクソ書かれていたけれど、それは父親が息子の成長を信じてダメ出しをするような、とても温かい気持ちになる酷評だった。

次に印象深かったのは、男性嫌いと言った女性のこと。

ホストみたいなコスプレをした佐藤さんが、急に「子猫ちゃん」なんて言い出すから、今度こそクレームを覚悟した。頭の中には無数の謝罪の言葉が浮かんでいた。

しかし、またしても結果は良好だった。

彼女はスッカリ佐藤さんに気を許して、受講で訪れる度に新しい職場の楽しい話を聞かせてくれた。

やっぱりコスプレについてはボロクソ書かれていたけれど、それはなんというか、ボクが知らない世界の専門的な内容だった。

そして最も印象に残っているのは、洙田裕也さんだ。

ボクは彼を一目見てダメだと思った。彼は「頑張れない人」だと確信した。

しかし彼女は――ほんの数時間で、彼を変えてしまった。

相手の心に寄り添う。ボクが大切にしている言葉だ。

実際、相手の心情を考えて接客しているつもりだった。しかし彼女を見ていると、ボクは自分の中にある凝り固まった常識に囚《とら》われているのだと気付かされる。ボクは何度も失敗を繰り返したことで、きっと無意識に無難な安全策を選ぶようになっていた。

それを彼女がぶち壊してくれた。

彼女は何度も、何度もボクの常識を破壊した。

ボクが無意識に諦めていた理想の世界を、夢物語を形にした。

勇気をもらえた。ボクの夢は妄想なんかじゃない。これまで方法が間違っていただけで、きっと叶《かな》えられると、前向きに考えられるようになった。

「……本当に、君に会えて良かった」

彼女だけじゃない。

遼と翼も信じられないくらい頑張ってくれている。

ボクは本当に恵まれていると思う。

掲げたのは分不相応な理想だった。きっと一人ならスタートラインにすら辿《たど》り着けなかった。

ありがとう。心から思う。

……いい機会だから、言葉にしてみようかな。

「佐藤……さん？」

目を向ける。彼女はなんというか、よく分からない表情をしていた。

不思議に思っていると、彼女はハッとした様子で目を逸らした。

「……バーカ」

どうして罵られたのだろうか。

「……ほんと、ケンちゃんのくせにナマイキ」

さっぱり分からない。本当に、昔から不思議な人だ。

あの頃ボクは「バカっていう方がバカなんだよ」とか言い返していただろうか？　そのあと口喧嘩《くちげんか》みたいになるけれど、急に佐藤さんが興味を失って、何か別のことを始める。ボクはイライラしながらそれに付き合う……ああ、本当に懐かしい。

ただ、今のボクはもう少し大人になった。理不尽な反応には慣れている。だから堂々と言葉にしよう。

「愛ちゃん、いつもありがとね」

佐藤さんは目を逸らしたまま。

そっぽを向いて、机に突っ伏している。

一体どんな表情をしているのだろうか？

気になるけれど、見たらグーで殴られるような気がしたので、やめた。

＊　＊　＊

私っ、佐藤愛28歳！

昨日なんか幼馴染《おさななじみ》に口説かれちゃったの！

んがー！　んががー！　んがんがが一！

なんだあいつ！　なんだあいつなんだあいつ!!!

なーにが「……君に会えて良かった」だよ！

うわーはずかしはずかし！　よく出てくるなあんな言葉！　うぎゃー！　わーわー！　わー！

そもそも――――ッ！

こっちはスタートアップなんか始めちゃった理由を聞いただけなんですけど――――ッ！

金儲《かねもう》けってことにしとけよー！

ふっ、俺は雇われるだけで満足できるような〝器〟じゃないんだぜ。キリ。みたいなこと言っとけよー！

んがー！　なんだあの理由ぅううう！　わにゃわー！　真面目か！　真面目だ！　まじめぇー！

「……ケンちゃんのくせに」

呟いて、ぼーっと天井を見る。それから十秒も持たず発作が起きて、暴れる。そんなことの繰り返し。


――果たして私は、一晩中ベッドで転がり続けた。


事務所。

相変わらず簡素な部屋の隅にはくまが一匹。

くま……？　はい、そう、わたしです！

実は先日までコスプレ自粛期間でした。

なぜ？　それはボロクソ言われたからです。

幼馴染のスタートアップ。本当に始まったばかり。私のせいで悪評が広まって大失敗。なーんてことになったら、とてもとても責任が取れません。なのでスーツ姿のキャラをローテしていました。

でも終わり！　自粛終わり！　どうにでもなれー！

「あぁ？　なんだテメェそれパジャマか？」

最初の訪問者はリョウ！　珍しい！

普段の私なら、おう、今日は営業行かないのか？　という絡み方をしていたでしょう。でも今日は違います。私は、ガルルると威嚇するだけです。ガルルる。

「……イカれ女のことなんぞ考えるだけ無駄か」

「くまチョップ！」

ぽこっ
「暇なのか？」

「……ガルルる」

暇じゃない！　警戒中！

私はリョウから目を逸らしてドアを睨《にら》む。

しゃーこい鈴木ぃ！　鈴木こいやぁ！

「あ、くまさんだ」

ぁわわ、翼様だぁ。

「また、手作り？」

「……ぁい」

「かわいい」

「……ぁざす」

ほんとっ、もうっ……ツボッ！　かっこいいょぉ～！

「リョウ、はやいね」

「うすっ、おはようございます」

ゆるりとリョウが座るソファに向かって歩く翼様。リョウの対面にドシッと腰を下ろして、コロッと横になった。

「健太が来たら、起こして」

「うすっ、了解です」

リョウは翼様が相手でも丁寧な感じなんだね。やっぱり私にだけ厳しいんだね。そうかそうか、リョウはそういう奴《やつ》だったんだね。

それはさておき、二人が朝から顔を出すのは珍しいです。私は何も聞いていないのですが何かあるのでしょうか？

「ねぇ、今日なんかあんの？」

「あぁ？　テメェ何も聞いてねぇのかよ」

リョウはスマホを弄《いじ》りながら、鬱陶しそうに、だけどきちんと返事をしてくれる。

「始まんだよ」

「なにが？」

「例のイベントの打ち合わせだ。他にねぇだろ」

「わお。初耳過ぎる」

エンジニア向けの大規模イベント。かっこいい名前だけれど、やることは単純。スマメガを装備したエンジニアが集まって食事しながら話をするだけ。参加費なんと一人五万円。お高い。

「何人くらい集まったの？」

「……テメェのアプリで見られんだろ」

「あっ、そっか」

私はカバンからスマホを……くまハンド邪魔だな。スマホ持てないじゃんこれ。外そう。

あれ、これ意外と難しい。

んー、どうにか歯を使って……よしっ、外れた。

——瞬間、三度目の開閉音。

ドアに目を向ける。そこには、奴が居た！

「くまロケットぱーんち！」

「えっ、わっ、手？　なに？」

ちょうど手から外したばかりのくまハンドを発射！　しかし、効果は今ひとつのようだ！

「佐藤さんか。そういうコスプレ久しぶりだね」

「……」

いつも通りの声音で微笑《ほほえ》む鈴木。

その表情を見ていると、なんというか、なんというかもう……生意気だ。

「はい、これ返すね」

「……ん」

受け取ったくまハンドをカバンに入れて、代わりにスマホを取り出した。それから鈴木を無視してスマホに目を向けて……あれ、どうしてスマホを取ったんだっけ？

「おはよう。みんな早いね」

「うすっ、おはようございます」

「おはよー」

姿勢を正したリョウと、目元を擦《こす》る翼様。

「さて、早速だけど話を始めようか」

鈴木はリョウと翼様が挟む机の側面で膝立ちになって、黒色のダレスバッグから紙とペン、そして謎の機械を取り出した。

ポータブルプロジェクタ。

泥ＯＳ搭載の機械が、机にスマホのホーム画面みたいな映像を映し出す。鈴木は机を指でなぞって、資料と思《おぼ》しきものを表示した。

「まず翼と遼、本当にありがとう。参加者は現時点で３７３４人。団体数は２６８。約六割のコミット数。最も重要な三日目は満席。たった二人で成し遂げたとは思えない成果だ。……本当にボクは、素晴らしい仲間を持って、幸せだよ」

ちょっと離れた位置で話を聞く。

いつも通りおっとりしている翼様と、ちょっぴり照れているリョウ。そして、開幕からもう泣きそうな鈴木の三人。きっと私が入る前から活動していた三人。

3734人。人数では凄さをイメージするのが難しい。だから、売り上げで考えてみる。一人あたり五万円なので、ざっと二億円くらいだろうか。

たった三人で二億円のサービスを生み出す。

途方もないことだと私は思った。きっと私の知らない苦労が沢山あるのだろう。そう思うと、鈴木の涙には納得できる。どこか誇らしげなリョウと、翼様の表情も理解できる。

私は、なんとなく仲間外れな気分だった。そう思った直後、鈴木が私を見て言った。

「佐藤さんも、ありがとう。塾の口コミ……特に洙田裕也さんの一件から参加者数が激増した。あれだけの申請を処理するのは、佐藤さんのアプリが無ければ不可能だった。本当にありがとう」

……こいつはほんと、いつも絶妙なタイミングで。

ちょっぴり顔が熱くて、目を逸らす。

鈴木は小さく息を吐くように笑って、

「さて、ここからはボクの仕事だ」

なんだか、かっこいいことを口にする。

「これから見せる資料に当日の食事と人材の発注先をまとめてある。どこに発注するかは未確定だ。これについて三人の意見が聞きたい」

しっかりと用意された言葉。

私は机に投影された資料を遠目に見ていた。

鈴木は一呼吸置いて、

「佐藤さん、遠いよ」

生意気なことに、私に気を遣いやがる。

「おいで」

翼様が隣をトントンした。

私は息を止める。こういうのは直《す》ぐに移動しないと微妙な空気になる。だけど一瞬、足が動かない。

ほんのちょっとだけ壁を感じた。べつに拒絶されたわけではない。何か決定的な発言があったわけではない。ただ三人の雰囲気を肌で感じて、近寄り難いと思った。

「えいや！」

「……テメェほんと、普通に動けねぇのか？」

体当たりでリョウの隣に座る。打撃を受けたリョウが小言を口にすると、翼様がクスッと笑った。

「なかよし」

「勘弁してください」

本気で困った様子のリョウ。

私は机の資料に目を向けて、感想を言う。

「わーお。鈴木の資料は細かいね！」

「ちょっと詰め込み過ぎたかな？」

「説明して説明して！」

会話に入ることはできる。簡単だ。

でも、私と三人では言葉の重みが違う。

……私は、これを知っている。

前の会社に居た頃、みんなで一緒にオルラビシステムを開発していた頃。今みたいに話し合うことが何度もあった。

正確には、似ているだけで全く違う。

あれは戦いだった。あまりにも過酷な業務から自分と仲間を守るための戦いだった。

思えば私は、昔からずっと、いつも目の前のことに必死だった。だから、目にするのは初めてだ。夢を持ち、形にして、今まさに摑《つか》もうとしている姿を見るのは、初めてだ。

とても眩《まぶ》しい。しっかりと目を開けて見ることは難しい。

ただ、思う。届け。三人の想《おも》いが――彼の願いが、未来に届けと、そう思う。

「やっぱりピザは必須だよピザ！　ピザが嫌いなプログラマは存在しない！」

「なるほど……？　佐藤さんはどんなピザが好き？」

「なんかあのっ、タルタルしたやつ！」

だから私は、元気に口を挟む。

少しでも力になれるように、笑顔を振りまくのだ。

＊　＊　＊

お祭り騒ぎだった。

学校に泊まって学祭の準備をするみたいな慌ただしい日々だった。

私に手伝えることは無いけれど、せめて輪の中に入って応援しよう――はい、これ間違い。勘違い。

断言するけど私が一番大変だよ！　なんでだー！

回想！

――事件は、会議が終わった後に起きた。

「へいへい旦那ー、儲かってまっかー？」

私はニヤニヤしながら鈴木に声をかけた。

「どうしたの佐藤さん、急に」

「だってほら、一人五万円で四千人。二億でしょ？　利益ガッポガッポでしょ？」

「あー、そういうことか」

鈴木は軽く肩を揺らす。

それから少し考えるように「うーん」と言って、

「利益は最終日の売り上げ次第かな」

「最終日？　何か売るの？」

「そろそろ届くと思うよ」

意味深なことを言った鈴木。

数分後、本当に届いたのは大量のダンボール。

ひとつ、開ける。現れたのはスマメガと、私が改造するために使用したパーツ。その数、全部で――

「二千五百セットある」

「……まさかとは思うけど？」

「佐藤さん、君だけが頼りだ」

「……イベント、いつだっけ」

「あと二週間だね」

二週間。つまり一日あたり約百八十個。

ひとつ十分で完成させたとして……うんっ、一日あたり三十時間作業すれば間に合うね！

「おい鈴木、頭大丈夫か？」

「佐藤さん、君だけが頼りだ」

「物理的に無理！　てかもっと早く言え！　私だけ全然情報共有されてないぞ！」

「ごめん。佐藤さん、君だけが頼りだ」

パチッと手を合わせた鈴木。

「このポンコツ経営者！　跪《ひざまず》けー！」

あーもー見直して損した！

なんだこいつ！　「ここからはボクの仕事だ」とかなんとか言ってたの口だけかコラー！

突然のデスマーチ発生。私は鈴木をポカポカ叩いて抗議した。

「そもそもワンセットいくらするのこれ！」

「五万円と消費税」

ざっくり計算でイベントの収入がほぼ消える!?

そもそも、前提条件におかしな点がひとつ。

「どこにそんな予算あったのさ！」

「ないよ」

「えっ」

「入金をイベント後にしてある」

……ええっと？

「もしイベントにヒトが集まらなかったら……？」

「ボクは破滅していただろうね」

……ええっとぉ？

「佐藤さん、ノーリスクで未来を摑む方法があるならば、とっくに誰かが試していると思わないかい」

そう言った鈴木の目は、据わっていた。

「なーんてね。勝算があってのことだよ」

「……はい」

私は底知れない恐怖を覚えて、予算に関しては忘れると決めた。

さておき少し真面目に考える。今回のイベントの目玉はスマメガ。スマートメガネという新しい技術とＡＩを組み合わせたエンジニアのマッチングである。参加者全員分のスマメガを用意するのは当然だ。

なんで直前に言うのさ！　もっと早く準備してよ！　という文句は、今更もう遅い。現在必要なのは、現実的な打開策である。

「初日に一時間くらいセットアップする時間を設けるとかダメなの？」

「ああ、それはいいアイデアだね」

「でしょでしょ！」

「でもごめん、無理。もう予定決まっちゃってる」

「なんでさー！」

上げてから落とす鬼畜！

「おいイカれ女、いつまで騒いでやがる」

「だってだって！」

「黙れ。そしてさっさとオレに作り方を教えろ。騒ぐのはその後にしやがれ」

「……まあ！」

あらあらこのツンデレさん！　お手伝いしてくださいい奉ると申し立てられらりるれろ？

「おまえはほんっと、かわいいなー！」

「だからいちいち触んじゃねぇよイカれ女」

本当に嫌そうなのでウザ絡みをやめる。

さて手が増えるのはありがたい。一日あたり十五時間ならとっても健全……なのかな？

「わくわく」

「……ぁゎゎ」

ま、これは、まさ、これは、まさか……っ！

「……て、つだって、くれます？」

「もちろん」

好き！　あーもう翼様大好き！　ほんわかイケメンでしかも優しいとか完璧過ぎる！

本当にありがたい。三人なら一日あたり十時間。月に二十営業日あるとして残業時間は40時間！　労働基準法を守ってるから実質ゼロ！　楽勝！

「よーし！　がんばるぞー！　おー！」

「おー」

「……おう」

たのしい「こうさく」が始まった。

私はまず翼様の理解力に驚いた。なんと、一回見せただけで作業を覚えてしまったのだ。好き。

一方でリョウはかわいかった。なかなかの機械音痴で、一人で作業を任せられるようになるまで一時間近くかかった。

作業を覚えた後も、手先が不器用なのか、何度かパーツを落として「……くっ」と悔しがっていた。

逆に一発で成功した時なんかは「……ふっ」と満足そうな顔をしていて、私は頭をなでなでしたい欲求と戦うのが大変だった。

そしてここで単純作業あるある。

単純作業をしているエンジニアは高確率で「最適化」したい衝動が生まれる。右手が疼《うず》くのである。

最初は十分かかった。これが二時間程度の作業を通して最適化され七分となった。

一カップラーメンの削減。割合で見れば三割と素晴らしい成果だけれど、この程度で満足していてはエンジニアを語れない。

私は作業を続けながら考える。

七分。それは物理的な限界値。

これ以上の加速は物理的に不可能。

ならば解決策はひとつ。

一人でダメなら二人！　つまりは並列化！

私は作業工程に含まれる「待ち時間」に着目した。機械の性質上、どうしても待たなければダメな時間がある。この時間に別のスマメガを処理すれば──

果たして私はムーアの法則を超えた。ひとつ七分だった作業が、みっつで十五分にまで短縮された。

ああ、素晴らしい達成感だ。そして……うん、飽きた。

エンジニアあるある。やり遂げた直後は遊びたくなる。

もちろん遊ぶ余裕などない。しかし、なんかこう、急激にモチベーションが下がるのだ。

こういう時、私は他人に絡む。もちろん迷惑な自覚はある。だからこそ相手は選ぶ。

翼様……ぁゎゎ、真剣な表情でサクサク作業を進める翼様、国宝級のイケメンだよぉ～><　これは邪魔できない。

リョウ……うん、かわいい。なんかもう、子供。はじめてもらった玩具でご飯の時間も忘れて遊んでいるみたいな、とっても微笑ましい感じ。これも邪魔できない。

鈴木……朝からずっと忙しそうに電話している。

電話中に絡むのはマナー違反だ。私でも最低限の常識は理解している。マナーは守る。だから電話中の人には絡まない。でも電話中の鈴木に絡むのはセーフ。きっとセーフ。

「……」

何も言わず隣に立ってニコニコする。

鈴木は忙しそうに電話しながら「なに？」と目で問いかけてくる。でも私はリアクションを返さない。

やがて電話を終えた鈴木。ふぅと息を吐いた後で、私に声をかける。

「どうしたの？」

「遊ぼうぜ！」

「直球だね」

鈴木は苦笑する。

「休憩は自由に取っていいからね」

「鈴木は休まないの？」

「そうだね。発注と調整、それから受講生の対応がある。ありがたいことに暇が無い」

「わーお、超ブラックだ」

そうだね、と再び苦笑した鈴木。

休まず働き続けること。労働基準法的にはアウト。しかし鈴木の目はキラキラと輝いている。それは、通常業務《じゅぎょう》の後で嬉々《きき》として無給残業《ぶかつどう》に勤《いそ》しむ中高生みたいな、青春って感じがするものだった。

ああ、そうか。

だから眩しいのか。

「んじゃ、休憩もらうね」

「うん、おつかれ」

鈴木は微笑んで、次の電話をかけ始めた。私はその横顔をちょっとだけ眺めてから、リョウに突撃する。

「飯行こうぜー！」

「のわっ⁉　テメっ、このイカれ女！　失敗したじゃねぇか⁉」

「わははは、ドンマイドンマイ！　それよりメシ！」

「ふっざけんな一人でいきやがれ。あとこれ直せ」

「ちぇー」

私は唇を尖《とが》らせながら修理を始める。

ついでに、リョウが苦戦していた部分のスマートなやり方を見せてあげる。お詫《わ》びです。

「ほい完成っ」

「……おう」

何か言いたそうなリョウ。

「もっかい見せたげよっか？」

「マジ――なんでもねぇ！　とっとと飯行けこのイカれ女！」

「あははは、こわーい！」

子供っぽいイタズラをして退散する。

「ほんっとテメェはっ、プラマイゼロにならなきゃ死ぬ病気にでもかかってんのか！」

「聞こえなーい！」

キャハハと笑って事務所の外へ。

にこにこ笑顔で階段を駆け降りて……足を止めて……はぁ、と息を吐き出した。

「……眩しいなあ」

アニメやマンガの世界には、時間逆行という人気のジャンルがある。もちろん現役の少年少女が触れても面白いけれど、大人と子供では、どうしても視点が異なる。

二度と戻らない青春。

お金とか、生活とか、将来のこととか全て忘れて、何かひとつの夢を追いかけることができた時間。

例えば部活で全国大会を目指すこと。私には、そういう思い出は無い。それなりに充実した青春を過ごしたと思うけれど、誰かに語れるようなエピソードは持っていない。

二度と戻らない青春。

大人になってから青春物語を目にすると、ふとした瞬間に、登場人物達《たち》が眩しく思える。

ケーキ屋さんになりたい。プロスポーツ選手になりたい。子供の頃に描いた夢物語は、現実を知るほどに記憶から薄れていく。私達は、大人になるほどに、夢から覚めていく。

もちろん大人になってからも楽しいことはある。私にとって、仲間と一緒にオルラビシステムを開発した日々は宝物だ。

でもそれは、夢物語なんかじゃない。

どうしようもない現実の中で、必死に抗《あらが》った物語。

だから眩しい。

きっと彼は私なんかよりも残酷な出来事を多く経験している。とっくに夢から覚めた大人になっている。それでも、全国大会を目指す部活みたいにキラキラしている。

その姿を見ていると、大人ぶって色々と冷めた見方をしている自分が、とても矮小《わいしょう》な存在に思える。

「……あー、あー、あー」

微妙な感情を鳴き声で表現してみる。

なんだか虚《むな》しくなって、思わず苦笑する。

私は、悩みが無さそうとか、精神だけ小学校を卒業できなかったとか、そういうことをよく言われる。

そんな人、いるわけないじゃん。ばーか。

「……あー、やばい。私めんどくさい」

今になって、思い出す。

いつも目の前のことだけ頑張って、常にそれなりの結果で満足して、きっと皆が口を揃《そろ》えて言う「普通の人生」を歩んでいた。オルラビシステムは、生まれてから初めて、必死になってやり遂げた仕事だった。

今になって、今になって思い出す。

あれは私の全てだった。私は、誰かに話せるような思い出を他に持っていない。

だから、溢れ出す。

今になって溢れ出す。

「……何もない。何もないよ」

今、あのシステムはどうなっているのだろう。

きっと後任の人達はすごい苦労をしている。会社の業務もいくつか滞っているのだろう。だから会社は、私を連れ戻そうと連絡してきた。

断った。今更もう遅い。

いけないと分かりつつも、いい気味だと思った。

私は、弱い。ちっぽけで空虚な悪者だ。

それでも、今は……これからは――っ！

パンッ、両頬を叩く。

気持ちを切り替えるルーティン。しかし今日に限って上手《うま》くいかない。二度、三度と繰り返す。

ちょっぴり頬が痛くなったところで、立ち上がる。

「休憩おわり！」

強がりを言って、センチメンタルを吹き飛ばす。

そして祭りに参加する。事務所に泊まるようなことにはならなかったけれど、イベント期間までは、本当に、ずっと学祭前みたいな雰囲気だった。

そして、イベント三日前。ついに二千五百台のスマメガが完成した。

「終わったー！」

叫ぶ私。はぁぁと魂が抜けたような声を出しながら天井を見上げる男三人。

いやはや大変だった。普通に作るだけでもキツいのに、いくつか初期不良っぽい症状があった。どうにか直せたけれど、何というか脳が千切れそうな時間だった。

「あとはイベントだけだね！」

「うん、そうだね」

鈴木は疲れた様子で言う。

「佐藤さん、参加者数、確認してもらえるかな？」

「なんで？」

「一応キャンセル無料の契約だからね。先週リマインドメールを送って、どこまで減ったか確かめたい」

「わーお、めちゃくちゃ嫌な作業だ」

私は床に転がっているスマメガを踏まないように気を付けながら、部屋の隅に置いた鞄《かばん》からスマホを取り出す。直ぐにアプリを起動して——

「あれ？」

「どうかした？」

38。二桁足りない。

バグったかな？　そう思って画面を更新する。

――32。

「鈴木っ、パソコン出して！」

「えっと、何かあった？」

「いいから早く！」

「分かった。すぐ出すよ」

数分後、私はアプリのログを表示した。そこには、目を疑うような数のキャンセル履歴があった。

「……なんで？」

「おい説明しろ。なんだこの文字。どうなってやがる」

私はリョウの言葉を無視してプログラムを確認する。こんな勢いのキャンセルありえない。何かシステム的なミスがあったと考える方が自然だ。

――リリリリ、事務所の電話が鳴る。

私たちは互いにアイコンタクトをして、鈴木が電話に出た。

「はい、こちら合同会社ＫＴＲの鈴木です」

健太、翼、リョウのイニシャルでＫＴＲ。

　おう鈴木ぃ、お前イニシャルNじゃなくて良かったな……なーんて冗談を言える余裕は、この電話と共に消え失《う》せた。

『あー、鈴木さん。あなたとは初めましてだね』

「失礼ですが、どちら様でしょうか」

『おっとおっと、これは失敬』

　眉を寄せる鈴木。私達に視線を送って、電話機のボタンを押した。それは音声をスピーカに切り替えるボタン。

『そこに佐藤愛は居るかな？』

　少し年配の男性の声。

「はい、佐藤愛は、こちらに居ります」

『おー、それは良かった。今日は彼女に……いや、その前に自己紹介だったね』

　年配の男性は機嫌が良さそうな声で言う。

『私は、佐藤愛がふざけたシステムを残した会社で、新しく社長になった者だよ』

　鳥肌が立った。

　なぜ？　どうして？　多くの疑問が浮かぶ。混乱する。

『いや残念だったね。せっかくのイベントだけど、もう参加者は残っていないんじゃないかな』

　それは、答えを言っているようなものだった。

『鈴木くん、だったかな？　君には同情するよ』

今何が起きているのか、もう頭では分かっている。しかし心が結論を拒む。違う、嘘《うそ》だ、そんなはずない。ありえない。

『佐藤愛という地雷を抱えたせいで、お互いに苦労するね』

「お言葉ですが、この電話は録音しています。当社の従業員を侮辱するならば、それ相応の覚悟をして頂きたい」

『覚悟？　ははは、面白いことを言う。いったい君に何ができる？　まさか法の下に人は平等などと信じているのか？』

穏やかな男性の言葉が醜悪で獰猛《どうもう》なものに変わる。

『佐藤愛、聞こえているか？　社長の鈴木くんと君は幼馴染なんだって？　いやぁ、せっかく拾って貰《もら》えたのになあ。君のせいで、鈴木くんの計画は大失敗だ』

「黙れ！」

鈴木が大声で言う。

しかし男性は、それを覆い隠す程の声量を出す。

『なあ佐藤愛！　貴様のせいで私の経歴に傷がつきそうだよ！　だから報いを受けてもらった！』

私は耳を塞いだ。

『どんな気分だ？　頼む声を聞かせてくれ。どんな気分だ？』

それでも声を消すことはできない。

鈴木が聞いたことも無いような声で叫んでいるけれど、それよりも大きな声で、呪いのような言葉が、指の隙間から入り込む。

『佐藤愛！　自分のせいで恩人の人生がめちゃくちゃになるのは、どんな気分だ！　さあ――』

ブチッ、と、鈴木は電話を切った。

それから電話線を引き千切るような勢いで抜いて、思い切り机に拳を叩き付けた。

「……どういうことだ」

「遼、黙れ」

「今のクソ野郎が全部仕組んで、集めた客全部キャンセルになったってことか!?　そんなふざけたことありえるわけねぇだろ！」

「黙れ!!!」

絶叫した鈴木の目には、涙が浮かんでいた。それを見たリョウは俯いて、拳を握り締めた。

「SNSで炎上しているね。友人に確認したけれど、すまないという一言しか貰えなかった」

スラスラとした言葉を口にしたのは、翼様。

そこに、普段のおっとりした雰囲気は存在しない。

「きっと裏で大金が動いてる。それも規模から考えて組織的なものだ。健太、これは難しいよ」

「翼、悪い、少し時間をくれ」

「……分かった」

掠《かす》れた鈴木の声。

何か含みを持って口を閉じた翼様。

「……」

私は、

「……ぁ」

私は、

「……ぁぁ」

学祭の前みたいな雰囲気だった。

夢物語のその先へ向かう姿を見て眩しいと思った。

「……ぁああ」

言葉が出ない。

どうすればいいのか分からない。

「……ごめん」

どうにか絞り出した言葉は、はっきりと音になっていたかどうか怪しいものだった。

「……ごめん」

もう一度絞り出した言葉は、もはや自分でも聞き取れないものだった。

理解が追いつかない。悪夢を見ているような気分だった。しかし、脳は心を置き去りにして、残酷に情報の処理を始める。

――私は、悪者だ。

――そして悪者は、いつか必ずやっつけられる。

出来事はシンプル。

私のせいで、何もかも台無しになった。

「……ごめん」

謝罪の言葉が空虚に思えた。

死んで詫びろと言われれば、きっと応じる。それでも足りない程の罪悪感がある。

顔を上げられない。

皆を見るのが怖い。

嘘だ、嘘だ嘘だ。こんなの現実じゃない。こんな急に、交通事故みたいに全部台無しになるなんて、そんなのありえない。信じたくない。でも、どれだけ願っても場面は切り替わらない。

怖い。

いやだ。怖い。いやだよ……

「よしっ、決めた！」

空を切り裂くような声。私はビクリと身体《からだ》を震わせながら、恐る恐る鈴木を見る。

──時間が、止まったような気がした。

「ケンタさん、報復なら遠慮はいらねぇっすよ」

「遼、顔を上げろ」

リョウは顔を上げる。

そしてきっと、私と同じような感想を抱いた。

「悔しいか」

「……そ、そりゃ悔しいっすよ」

「なぜだ」

「なぜって、当たり前でしょう！　ケンタさんは悔しくないんすか!?」

「ぶち殺してやりたい」

普段なら絶対に言わないようなセリフ。リョウは絶句した。

「ただ、同時に思った」

彼は、怒りを必死に抑える表情をして言う。

「こんなのは、よくあることだ」

それはきっと言葉通りの意味ではない。全く納得していないことは、その瞳を濡《ぬ》らす大粒の雫《しずく》を見れば分かる。それでも彼は前を向いて――私を見て、笑みを浮かべている。

「利益を守るために他社の計画を潰す。よくある話だ。自覚が無いだけで、きっとこれ以前にもボク達は被害を受けている。……腹を立てていたか？　そんなことはない。なぜだ？　ボクは理由を考えた」

彼は、長く息を吸い込んだ。

「見えないからだ」

それをゆっくりと吐き出しながら、

「ボク達は影も形も見えない相手に怒ったりしない。でも今回はキレている。それは、相手の姿が見えているからだ」

その声は、淡々としていた。

「相手は、わざわざ後ろを向いて立ち止まっている。なら付き合ってやる必要はどこにもない」

彼は、私とリョウ、そして翼様を順番に見た。

それから上を向いて、腕を目に押し当てて、再び前を向く。そして、真っ赤に腫れた両目を細めて、力強い声で言った。

「ボク達はただ、前に進もう」

そして、いたずらっ子みたいに笑い交じりに言う。

「いつか、上から踏み潰してやろう」

最後に彼は、私を一瞥《いちべつ》した。

しかし言葉をかけることはなかった。

「翼、そろそろアイデア浮かんだ？」

「これまでの受講生に声をかけよう」

「なるほど。個人向けに切り替えるわけだね」

「うん。特に柳さん、だったっけ？　転職エージェントの彼を使おう。転職希望者なら腰が軽い。数も稼げるはず」

「いいアイデアだ。早速始めようか」

——私は、悪夢を見ていた。

天国から地獄に落ちるような、特大の悪夢だった。

「これが顧客リストだ。遼、半分お願いできるかな」

「うすっ、もちろんです」

呆然《ぼうぜん》とする私の目の前で、三人は電話を始めた。

そうすることが当然であるかのように、何もかも失って終わったはずの悪夢の、その先を歩き始めた。

「おいイカれ女、いつまでボサッとしてやがる」

リョウが私の前に立って言う。

「……だって、私の、せいで」

「あぁ？　聞こえねぇよ」

イライラした様子で頭を掻《か》く。

それから、私を睨み付けて言った。

「ほんとテメェはプラマイゼロにすんのが好きだな」

「……ぷらまい、ぜろ？」

リョウは足元に目を向けた。

そこには大量のスマメガがある。

「テメェの成果だろうが」

比喩ではなく、全身が震えた。

「テメェのこれがっ、客を集めたんだろうが！」

その一言で、私は悪夢から目を覚ました。

リョウはいつの間にか床に落ちていた私のスマホを拾って、少し強く私の胸に叩き付けた。

「まだ三日も残ってる。オレはやるが、テメェは泣くだけか？」

「……うるさいばーか！」

彼の手を叩くようにしてスマホを受け取る。

画面を見る。ぼやけて見えない。腕を使って強引に拭って——前を向く。

「私、ＳＮＳで宣伝する！」

どうにか声を出す。

リョウは満足そうな様子で私から目を逸らした。

翼様に目を向ける。

いつもの柔らかい表情を浮かべて、頷《うなず》いた。

最後に鈴木を見る。

グッと親指を立てて、はにかんだ。

……あーもう、どうしようかなこれ。

ムカつく、あのチビほんとムカつく。

翼様はいつもよりかっこいい！

鈴木は、なんか、なんかもう……ばーか！

……あーもう、どうしようかな、これ。

諦められるわけがない。とっくに夢は覚めている。私のせいで全て台無しになった。きっと一億円以上の損失が出る。これから三日で補うなんて絶対に無理だ。

とっくに夢から覚めた。それでも諦められない。

熱い。心が、夢を見ていた時以上に燃えている。

——ボク達はただ、前に進もう。

「うぉおおおおおおお!!!」

叫びながらスマホをぽちぽちする。

これまでに一度でも絡んだことのある人達に片っ端からメッセージを飛ばす。

途中、一度イベントのアプリを開いた。

参加者数、ゼロ。そこにはどうしようもない現実が表示されている。

もう無理だ。不可能だ。分かってる。

でもこんなの、諦める理由にはならない。

リョウが言ってくれた。ここはプラマイゼロ。何も無い私が全部失っても、それは元に戻っただけ。

だから諦めない。

これから思い切りプラスにする。

夢物語の、その先へ行く。

＊　＊　＊

「要するにこれは、炎上している無名のスタートアップと、実績のある有名企業。どちらに付くかって話なんですよ」

彼の名は西条秀俊《さいじょうひでとし》。ＲａＷｉ株式会社で最も優れた営業マンである。

「なるほど、エグいことしますね」

西条の話を聞いて、鈴木達のイベントに参加するはずだった一人の経営者は、苦笑した。それを受けて西条も目を伏せる。

「正直わたくしも気分は良くない。ただ、家族を養う必要がある。不要なリスクは避けるべきだと、あなたもそう思うでしょう？」

佐藤愛はリョウの営業トークを魔法と表現した。彼は紛れもない天才である。しかし、営業経験は十年に満たない。

長年最前線で活躍している西条のスキルは、リョウを遥《はる》かに上回る。そして西条と近しいスキルを有した営業が、百人を超える規模で動いている。

「……はぁ、ようやく終わった」

課せられたノルマを消化した後で、西条は大きな溜息《ためいき》を吐《つ》いた。

気分は最悪である。

べつに珍しいことではないけれど、弱い者いじめをするような仕事は、可能なら避けたいと思う。

しかし、逆らうメリットが無い。

百以上のヒトが動いている。自分一人が異を唱えたところで結果は変わらない。それどころか減給などの処置が目に見えている。一方で、しっかりと結果を出せば特別賞与が出る。

「さっさと報告してラーメンでも食うか」

社用のスマホで報告する。

この報告は、技術部が開発したオルラビシステムを経由して自動的に処理される。

そのことを考えた時、一瞬だけ手が止まった。

「……報復、だよな」

西条はある程度の事情を把握している。持ち得る情報を組み立てれば、新社長の報復という結論になる。

報復先は、これまで自分達を支えていたシステムの開発者。

気分が悪い。しかし、逆らえない。所詮自分は雇われの身なのだから、トップの判断に従うしかない。

罪悪感を押し殺して、報告を終わらせる。

――このような出来事が日本全国で起こっていた。

＊　＊　＊

「くっ、くはは、あはははははは」

薄暗い社長室に笑い声が響く。

長く、とても醜悪な笑い声だった。

「あー愉快だ。佐藤愛の悔しがる声を聞けなかったのは残念だが、あの鈴木とかいう男の反応は最高だった」

笑い過ぎて痛んだ腹部を手で押さえながら、彼は手元の資料を再確認する。

「コストは莫大《ばくだい》だが、あながち娯楽とも言えん」

それは〝三日後〟に開催される大規模なイベントの概要。

「まだ確認中だが素晴らしい人脈だ。これなら十分利益になるだろう」

彼は裏で手を回すと同時に、鈴木達が集めた顧客を自分が開催するイベントに誘導した。

イベントの内容に大差はない。しかも参加者は支払うはずだったコストが数倍になって返ってくる。

そこに元々のイベント先が〝炎上〟したという事実を加え、ダメ押しで軽い脅し文句を添える。

悪評が広がっている無名のスタートアップと実績ある有名企業。金を払って後者を敵に回すか、金を貰って後者に貸しを作るか。

あとは営業マンが合理的な判断をさせるだけ。

それはもう赤子の手を捻《ひね》るようなものだった。

「しかし、実に愚かだった。キャンセル料をゼロに設定するなど、潰してくれと言っているようなものだ」

彼の言葉は正しい。ビジネスの世界は常に有限の顧客を奪い合っている。もしも彼が手を出さなかったとしても、鈴木はどこかで必ず失敗していただろう。

「当然の結果だ……くっ、はは、ははははは」

彼の言葉は正しい。

この結果は彼が立てた周到な計画が生み出した。

世界は残酷な程に平等だ。そして紙を燃やせば発火するみたいに、あらゆる結果には原因がある。だから決して奇跡など起こらない。故に――これから始まるのは、奇跡などではない。

＊　＊　＊

小田原茂は今夜も趣味を満喫していた。

目が回るようなマルチタスクで精神を擦り減らす日々。最近は貴重な休日に体力が有り余っている娘の相手をしていて限界間近。いやきっと超えている。

だからこの、頭を空っぽにして虚空を見つめる時間が、本当に心地良い。

一方で、最近楽しみなことがひとつ。次の三連休、久々に家族で旅行へ行くことになった。

二泊三日の国内旅行。あまりにも楽しみで、奮発してスマホを最新の物に替えた。不気味なトリプルカメラを見ては、家族との思い出の写真を想像してニヤニヤする日々が続いている。

だから、悩む。

悩みの種は、先程プログラマ塾から届いた連絡。

助けてくれ。

要約すると、そういう話だった。

参加費は二万円。

受けた恩を考えれば迷うような金額ではない。問題は、せっかくの家族旅行と被《かぶ》ってしまうことだ。

……一日早く切り上げるか？

その悩みは家に帰った後も、お風呂に入ってご飯を食べた後にも続いた。

「何かあった？」

「いや……あはは、おまえには敵《かな》わないな」

妻に声をかけられ、彼は白状する。

「実は……恩人が助けを求めているんだ」

「なにそれ。お金貸してくれみたいな？」

「いや、そんなんじゃない。一日イベントに参加するだけだよ。エンジニアが集まって話をするイベントだ。料金も大した額じゃない。ただ……」

言い淀《よど》む。

妻は溜息を吐いて、

「次の三連休なのね」

「……ああ。もちろん旅行を優先するつもりだ。だがその……一日くらいは、顔を出したい」

妻は彼の言葉を聞いて、ハッキリ言うようになったなと思った。

これまでの夫は言葉を飲み込むのが大好きだった。しかし、ある日を境に、ありがとう、と不器用な感謝の言葉を口にするようになった。

彼女は察する。恩人とは、そのきっかけをくれた人なのだろう。だって夫は友人が少ない。

やれやれと、再び溜息。

「行きなさい」

「いいのか？」

「旅行がなくなるわけじゃないんでしょう」

「それは、もちろん」

だったら、と彼女は微笑む。

「三日が二日になるんだから、二倍楽しませてね」

「計算、合わなくないか」

「家計簿はいつだって切り上げなのよ」

「……そうか」

笑い声。子供が寝静まった後のリビングに響く、小さな笑い声。

小田原茂は、家族の笑顔を手に入れた。あるいは、取り戻した。だから彼は、恩返しをすると決めた。

──1。

＊　＊　＊

「え、イベントですか？」

「そう！　真のプログラマ塾がですね、エンジニアを集めて開催するそうです！　人脈を作るチャンスですよ！　ぜひ参加しましょう！」

「真の……あぁ、佐藤さんの」

仕事帰り。駅から自宅まで歩く途中。

洙田裕也は、世話になっている転職エージェントの柳と電話をしていた。

「佐藤さんのイベントなら、是非」

「ですよね！　早速こちらで申し込みます！」

「あ、いや、ちょっと待ってください。えっと、無料ですか？」

「参加費ですね！　二万円です！」

「二万円……」

決して高い金額ではない。しかし彼に金銭的な余裕は無い。

仕事は相変わらず最低賃金以下の派遣。先月、簡単な入力業務を自動化したことで、契約の更新と僅かな賃上げが決まったけれど、それでも学生アルバイト程度の待遇だ。

洙田の懐事情は厳しい。

余剰資金は常にゼロであり、急に二万円を捻出するのは、とても難しいことだった。

「私が負担しましょう！」

「えっ、いやそれは流石に悪いですよ」

「構いません！」

「いやでも、何もお返しできないですよ……」

電話の向こうで柳が笑う。何が面白いのだろうと洙田が困惑していると、柳は言った。

「じゃあ、転職が決まって、夢が叶ったら、一杯奢《おご》ってください！」

洙田は足を止めた。冗談で言っている風には聞こえない。いや、違う。柳という男性は、こういう言葉を平気で口にする人物なのだ。

つくづく思う。自分は、本当に、出逢《であ》いに恵まれている。

「すみません、お世話になります」

「はい！　急ですけど開催日は次の三連休です！　ご予定大丈夫ですか？」

「ええっと……はい、一応、どこでも大丈夫です」

「わっかりました！　また後ほど連絡します！」

「はい、お願いします」

少し間があって、電話が切れる。

洙田は、ぼーっと空を仰いで、暗闇に薄《うっす》らと浮かぶ雲を眺めた。

「……そうだ、先生に連絡しとこう」

先生とは大学教授のこと。例の出来事があってから洙田は毎週顔を見せている。べつに義務では無いけれど、一声かけるべきだと感じた。

「先生、少しお時間よろしいですか？」

電話をしながら、歩く。その視線は、以前と違って真っ直ぐ前を向いている。その目には、以前より少しだけ広い景色が見えている。

――3。

＊　＊　＊

「ふふふ～ん、レットルトレットルトルト美味《おい》しいな～」

深夜。闇を感じる鼻歌と共にレトルトカレーをレンジに入れたのは、帰宅したばかりの本間百合。

ゲームを無事にリリースして、その余韻を感じることなく始まった次の開発。なんと開発リーダに抜擢《ばってき》されたツンデレちゃんこと本間百合は、相変わらず忙しいけれど充実した日々を過ごしていた。

「ありゃ、お姉さまからレイン来てる」

お姉さまとはもちろん佐藤愛のこと。

百合はメッセージを確認する。

あい『ゆりちぉたすけ～』

ゆり『どしたどした？』

脊髄で返信すると、佐藤からｂｏｔのような反応速度でリンクが送信された。

あい『参加者ぼしゅちゅ！』

ゆり『おけまる！』

とりあえず返事をしてからリンク先を確認する。

「なっ、なっ、これは……っ！　愛お姉さまと丸一日イチャイチャできるイベント!?」

そんな文言どこにもない。

「お値段二万円！　おやすい！　でも三日で六万円！　おきつい！　でもでも……あ、そうだ！」

百合は再びスマホを操作して、勤め先の代表にリンクを転送してメッセージを送る。

ゆり『なべさん、これ経費で落ちませんか？』

十秒待つ。既読がつかない。

「ちっ、反応悪いですね。事後報告しちゃいますよ」

せっかちな百合は理不尽な悪態をつく。

「そだ、松崎さんにも共有しとこ」

ほぼ同時期に転職したシニアエンジニア。ちょっとコアな技術を教わる対価として偏った若者文化を教えている相手。

お裾分けです。一言添えてリンクを共有した直後、レンジからチンと音が聞こえた。

「おっ、カレーできた！」

レトルトカレーを取り出して、入れ替わりにレトルトご飯を入れる。そしてまたレンジを起動した。

とても不健康な食生活。しかし彼女の表情は、以前よりもずっと明るい。

「はぁぁ、愛お姉さまファンミーティング楽しみだなぁ」

繰り返すが、そのような記述はどこにもない。

とにもかくにも、百合は三日間全ての日程を予約した。


――6。

＊　＊　＊

松崎剛《つよし》の朝は早い。

午前五時、起床と同時に布団から出る。彼は早朝二度寝の誘惑に負けない屈強な精神を有している。

洗顔やら何やら済ませた後は、コーヒー片手にニュースと新聞をチェックする。そして最近は、スマホでSNSをチェックすることも欠かさない。

彼には後悔していることがある。現在の職場に転職する以前、彼はとある組織で部長をしていた。しかし部下の奮闘を上層部に伝えられなかったことで、その組織は最低な扱いを受けていた。

だから、転職先に若い会社を選んだ。

今度こそ未来ある若者を支える礎になるのだと、そういう志が胸にある。

「おや、本間さんからダイレクトメッセージが届いているね」

お裾分けです。その一文にURLが添えられている。

「ふむふむ、エンジニア向けのイベントか」

じっくりとリンク先をチェックする。内容はもちろんだが、誰が開催しているのか、ということも気になる。なので、ページの下部に記載されている『会社概要』をクリックした。画面が切り替わった先に表示された一枚の画像を見て、思わず「おっ」と声を出す。

「佐藤さん……そうか、彼女の転職先か」

ならば、行かねばなるまい。部下を誰一人として救えなかった不甲斐《ふがい》ない上司だけれど、だからこそ、機会があるならばと考えていた。

開催期間は次の三連休。

一日二万円だから、全日参加すると六万円。

迷うような金額ではない。

大企業で部長にまで出世して、しかも独身である松崎剛は、時間も金も有り余っている。

慣れないスマホ操作に苦戦しながら三日分の予約をして、次にＳＮＳを開く。

『参加予約したなう』

微妙に古い表現と共に百合から送られてきたＵＲＬを添えて、呟いた。

――９。

＊　＊　＊

広がる、広がる。

真のプログラマ塾から受講生へ。あるいは佐藤愛から友人へ。そして、そのまた友人へと広がっていく。

もちろん効果は微々たるものだ。ねずみ算式に情報が拡散したところで、その情報を見た誰かが金銭を支払ってまで参加するような結果は、そう簡単には生まれない。

「お、松崎さん何か予約したのか」

それは、かつて松崎の部下だった男性の一人。

そして——佐藤愛と共にオルラビシステムを開発したメンバーの一人。

「……そっか、そういうことか」

松崎と同じような流れで会社概要を確認した彼は、写真を見て思わず落涙した。

「良かった。佐藤さん、楽しそうだ……まあ、そりゃそうか」

とりあえず初日だけ申し込む。

「写真はスーツだけど、まだコスプレしてるのかな?」

当時を思い出して、笑みを浮かべる。彼女には何度も助けられたなと、懐かしい気分だった。

「あっ、そういえば……」

フォロー中のユーザ一覧を見る。

少し前、オルラビシステムに興味を示した人物が居たことを思い出したのだ。

彼に宣伝の意図などは無い。エンジニアとは、有益な情報を誰かに分け与えたくなる生き物なのだ。

要するに、普段通りの感覚で、なんとなく、情報を共有した。

――10。

＊　＊　＊

「っかー、疲れたわマジで」

神崎央橙は、風呂上がりの珈琲《コーヒー》牛乳を飲みながら言った。

「さーて、今日も光りまくりだな」

その右手にはいつも通りスマホがある。

光りまくりというのは、SNS上の通知を意味している。

彼は慣れた様子でメッセージをチェックしていく。99%はどうでもよいスパムみたいなメッセージ。

しかし稀《まれ》に、あっと驚くような情報がある。故に彼は、この作業を宝探しと表現する。

「さあ、お宝ちゃん、出ておいで」

スルー、スルー、スルー。

機械のような速度で膨大な情報を処理する。

「おっと、今の見覚えあるぞ？」

一度はスルーした情報を再度チェックする。

『少し前にオルラビシステムについて話してましたよね？　あのシステムの開発者がイベントやるみたいなので、共有します。開発者の名前は、佐藤愛です』

……オルラビ？　オルラビ……オルラビシステム！

「マジか！　あれ人間が作ったのかよ!?　いやそうだけど！　いや待って、待てよ……」

神崎は一度冷静になって、情報を精査した。送信者が本当に関係者であるという証拠が欲しい。

神崎はオルラビシステムのソースコードやマニュアルを目にしている。その中には開発者と思しき名前が記されていた。彼は、それを正確に記憶している。

ＡｉＳａｔｏ──佐藤、愛。

神崎が人工知能の類だと勘違いしていたその名前は、関係者でなければ知らないはずの情報だ。

「マジじゃん！　マジだ！　やっべこれやっべー！」

神崎は子供みたいに興奮して、リンクを開いた。そして迷わず全日分の予約をする。

「あっ、やっべ、ブッキング……まいっか。こっち優先っしょ！」

三回目の予約完了画面を見たあとで、彼はペッと舌を出した。

「とりま呟いとけ」

そして、いつものように情報を発信する。

『オルラビシステムの開発者が出るイベント！　マジで楽しみ。速攻で全日ポチッた』

その僅か36文字の情報が、きっかけだった。

――13。

インフルエンサーと呼ばれる人々がいる。
何らかのカリスマ性を持ち、インターネットを介して大勢のフォロワーを有する人々がいる。
彼が、あるいは彼女がおいしいと言ったお菓子はスーパーから姿を消す。褒め称《たた》えた服は予約が殺到して完売する。そんなインフルエンサーが「参加する」と呟いたイベントがどうなるかは、火を見るよりも明らかだった。

＊　＊　＊

『うぉっ、神崎さん参加すんの!?　こんなん行くしかねぇだろ』

――48。

『オルラビシステムってなに？』
『少し前に神崎さんが話題にしてなかった？』
『見つけたこれだ。神崎さんがこんだけ興奮するって絶対ヤバいやつじゃん』

――92。

『神崎さんファンミーティングが開催されると聞いて』

『いや神崎さんの目的はオルラビシステムらしいぞ』

『オルラビシステムとは』

『俺元関係者だけど、とりま某金融システムを五割くらい自動処理できるものだと思っていいよ』

『これ流石に妄想だろ？　でも神崎さんが反応してんの気になるな……』


——165。


広がる、広がる。

友人から友人へ、そのまた友人へ。

『この会社知ってる。真のプログラマ塾。俺受講してるけどマジでレベル高い』

『真のプログラマ塾。このクソださい名前、同僚が絶賛してたから覚えてる。イベント面白そう』

最後まで諦めなかった〝四人〟の声が、巡り巡ってインフルエンサーに届き、爆発した。


——232。

『オルラビシステムと神崎さんトレンド入りで草』

『これリンク先の会社って炎上してなかった？』

そして多くの目に留まった情報は、思わぬ関連情報を引き出すことがある。

『ボロクソ言われてんじゃん。神崎さん大丈夫かよ』

『炎上ネタ調べたんだけど、なにこれ逆デンチュウ案件？　コピペばっかじゃん』

『RT　清々《すがすが》しいまでの自演で草』

その情報に引き寄せられる大半の人物は、お祭り気分の野次馬だ。しかし情報は確実に拡散されていく。そして、ネット上には記されていないことを知る者の元へ届く。

『今話題になってるこれ、大手のスタートアップ潰しだよ。最近クソみたいな営業来てマジで気分悪かったわ』

『あー、これクソ営業が来た案件だ。ぶっちゃけ関わりたくないけど情報の発信源は神崎さんかよ。乗るしかねぇじゃん』


――482。


『まとめ記事書いた』

『何こいつ仕事早すぎ』

『やば、これマジなら祭り案件だろ』

爆発的に拡散された情報は、誰にも止められない。

『ＴＬがざわざわしてる。何かあった？』

『このまとめが分かりやすい』

『リアルにうわぁって声出た。酷過《ひど》ぎ』

やがて情報はＳＮＳを飛び越え、様々な媒体で拡散されるようになる。

例えば、自宅のソファでのんびりしていた男性。

彼は部下から届いたメールを見て、目を細めた。

――山本《やまもと》さん、これウチが参加する予定だったイベントじゃないすか？

「イベント……ああ、そうだ。次の三連休か」

――なんか別のイベント出るみたいな通達あったと思うんですけど、山本さん何か知ってます？

「別のイベント？　そんな話は知らんぞ」

詳細を確認するためメールに添えられたＵＲＬを開いて、その先の情報も確かめた。

「なんだこれはっ！」

彼は憤慨しながら電話を手に取る。電話の相手はＣＥＯ――経営の最高責任者。同時に、創業当初から共に仕事をしている友人でもある。

「ああ、今お時間いいですか？　次の三連休にね、技術部門が参加する予定だった、あの、イベントについてなんだけど、何か知ってる？」

『イベント？　……ああ、はいはい。この間、ＲａＷｉの社長さんと話をしたよ』

新社長の話を聞いて、別のイベントに乗り換えたという内容。

「悪いけど、それ断って」

なぜ、と聞き返したCEOに向かって、彼は技術部門の最高責任者として力強く言う。

「あれは、佐藤愛というエンジニアに惚《ほ》れ込んで参加を決めたものだ」

『……ああ、なるほど。ただ、すまない、いろいろ込み入った事情があるんだよ』

「ならいい。こちらはこちらで勝手に動く」

彼は電話を切って、部下から送られてきたリンクのひとつを開いた。リンク先は、鈴木達が開催するイベントの概要を記したページ。彼は会社概要が記されたページに遷移して、そこで従業員紹介用の集合写真を目にした。そこには見覚えのある人物が二人。

口が達者な蒼《あお》い目の青年と、それから――

「うん、この人だ。佐藤愛さん。よく覚えている。本当に素晴らしいエンジニアだった」

彼は次に申し込みページを開いて、二万円という料金に目を細める。

「なんだ値下げしたのか。もったいない」

呟いて、申し込みページを部下に送信した。

イベントに参加予定だった方は必ず申し込むように。他は自由参加です。きっと勉強になります。参加費は私が持ちます。


――1042。

広がる。広がる。

情報は止まることなく広がり続ける。

――その炎上元で秘書を務める者は、情報を見て手足を震わせる。即刻、新社長に報告すべきと考えて、しかし目を逸らした。もはや手遅れだと判断した。

――その炎上元で営業活動を行っていた西条秀俊は、ほとんど無意識に暴露話を投稿した。それが瞬く間に拡散された後、彼は怖くなって投稿を削除した。しかしそれは、火に油を注ぐ結果となった。

燃え広がった情報は、やがて発信源に舞い戻る。

「うぉっ、めっちゃバズってんじゃん」

神崎は数時間前の投稿を見て、驚きの声をあげた。

そして詳細を調べ、過去の不愉快な出来事を思い出す。

「あー、はいはい。あのクッソむかつくじーさんね」

さらに情報を深掘りする。そして、とある呟きに目を止めた。

――俺この炎上してる会社の元社員なんだけど、新しい社長がマジでクソ野郎だった。俺達エンジニアは数字じゃねぇんだっつうの。マジなめんな。あー思い出しただけで腹立つ。

「お、これいいじゃん」

神崎はこれからイタズラを始める子供のような笑みを浮かべる。

そして、目を付けた投稿を引用して、呟いた。

『めっちゃ分かる。#エンジニアは数字じゃない』

ちょっとしたキーワードを添えた何気ない一言。

同時にそれは、集められた爆薬に手榴弾《しゅりゅうだん》を投げるような一言だった。

神崎が「絶妙なタイミング」で発した「意味深な一言」によって、祭りは加速する。

広がる、広がる。

情報はどこまでも、広がり続ける。

＊　＊　＊

イベント当日。

開催時間よりも一時間ほど早い時間。

鈴木は、派遣されたスタッフのリーダと話をしていた。

「――という流れでお願いします」

「はい、承知いたしました」

イベントの最終的な打ち合わせ。

「ただその……本当に申し訳ありません」

鈴木は簡単に事情を説明する。要約すると、今日は手持ち無沙汰になりそうという内容。話を聞いた男性は首を傾けて、きょとんとした様子で言った。

「あ、もしかしてご存知ない？」

今度は鈴木が首を傾ける。

「これ、ここ数日話題なんですけど――」

そして、その情報を目にした。

＊　＊　＊

私は、とても憂鬱《ゆううつ》だった。

あれから三日間、ほとんど寝ないで友人や知人に連絡を続けた。しかし、ハッキリと良い返事をくれたのは、僅か四人。

今朝は、私人望ないなーと落胆しながら電車に乗った。

今日の私は久々に普通のスーツを着ている。少しサイズの大きいワンピースタイプのスーツだ。スーツの下には、学校のアイドルを描いた大人気アニメのコスプレがある。コスプレ衣装の上から強引にスーツを着たせいで、微妙にシルエットが崩れているけれど、今日は、この服を着たい気分だった。

このコスプレ衣装の元ネタとなるアニメには、たった一人だけ来てくれたお客さんのために、全身全霊でライブを披露する場面がある。私は、勇気を貰えるような気がした。だから、この服を選んだ。

会場に着いて、集合場所まで歩く。

そこにはまだ鈴木しかいなかった。

「おはよう」

「ああ、佐藤さん。おはよう」

なんだこいつメッチャ機嫌いいな。

でも、そうだよね。一億円以上も借金することになったら、それはもう、笑うしかないか。

あー、うー、あー。どうやって責任取ろうかな。

「佐藤さん、早速だけど誘導役お願いできるかな？　入口付近に立って、お客さんを案内して」

「……ん、わかった」

不気味なくらい上機嫌だ。

私はちょっぴり怖いなと思いながらも素直に従う。

まだイベント開始まで一時間ほどある。

誰も来ていないだろうなと思いながら向かった先には、意外にも人影があった。

「ゆりちぃ～！」

「あ、おはようございます」

私はダッシュで抱き着いた。

「ありがとぉ～！　ほんとに来てくれた～！」

「えへへ、当たり前ですよ。楽しみ過ぎて徹夜しちゃいました」

「くっさー」

「ひどー!?」

冗談を言って、小柄な百合ちゃんをギュッとして、なでなでする。いい感じに蒸れた甘いにおいがした。

「それより佐藤さん、今日はおめでとうございます」

「ん？　なにかあったっけ？」

「何かって……あれ、知らないんですか？」

「んー？」

考える。思い当たることが無い。ここ数日はスマメガ作ってクソリプ飛ばして、食事はカ〇リーメイトだった。喜ぶようなイベントは何も無いはずだ。

「じゃあいいです。その瞬間まで私に甘えさせてください」

「あらあら、百合ちゃんは本当に甘えんぼさんね」

「……愛お姉さま限定、ですよ？」

ふわふわ幸せ空間。私はいつもより現実逃避成分多目で百合ちゃんをいつくしむ。

それから十分ほど経過して──

「佐藤さん、お久し振りです」

「ん？　お、おー！　部長！　お久し振りです！」

懐かしい顔を見て、私はちょっとだけハイになる。

「どうしてこちらに？」

「実は、そこの本間さんと同じ職場に転職してね。今日のことを教えてもらったんだ」

「ほー！　え、百合ちゃんそうなの？」

「……はぇ？　何がですか？」

私は百合ちゃんをクルッと半回転させて、部長が目に映るようにした。

「あっ、松崎さん！　お早いですね！」

「……あはは、本当に気付いてなかったのか」

「いやぁ、すみません。ちょっと集中してました」

普通に話している。本当に知り合いっぽいことを確認して、私は世界って狭いなーと思った。

それから部長を交えて三人で雑談していると、また一人、他の人物が現れた。

「松崎さん、佐藤さん、お久し振りです」

懐かしい顔。

それは、一緒にオルラビシステムを開発した同僚の姿だった。

「えっ、えっ、なんで？　どうして？」

「松崎さんが呟いてたから。来ちゃった」

「かわいいかよ！　ありがとぉ～！」

「あはは、相変わらず元気だね。コスプレはもうやめちゃったの？」

「ううん、服の下に着てるよ！　脱ごうか!?」

「だ、ダメです！　何言ってるんですか！」

冗談で言ったのに、百合ちゃんに本気で止められた。

げらげら笑って今度は四人で談笑を始める。そしてまた数分後、他の人物が現れた。

「あの、佐藤愛さんですか？」

イケイケな感じのおじさん。知らない人だ。

「俺、僕、いや、わたくし、神崎と申します。あなたのファンです」

……あ、ヤバい人かな？

私がちょっとだけ警戒するのと、他の三人が叫ぶのは同時だった。

「え、本物!?」

と百合ちゃん。

「ビックリしました。あなたのような大物が来るなんて」

と松崎さん。

「…………」

少女漫画みたいに目をキラキラさせている元同僚。

なになに、どゆこと？

――あっ！　おい、あれ神崎さんじゃないか!?

疑問に思っていると、遠いところから大きな声が聞こえた。そして私は――言葉を失った。

「うわー、やっぱ集まっちゃったか」

その集団を見て、神崎と名乗った男性が呟いた。

「だ、大丈夫です！　愛お姉さまは私が守ります！」

百合ちゃんが私にくっついて言った。

私はただ、びっくりしていた。信じられなかった。

「佐藤さん、俺、じゃなくてわたくし……まいっか。俺は後で出直します。お話、楽しみにしてますね」

彼は少し気取った態度で言うと、マスクとメガネを装備して、列を外れた。

「最後尾こちらです！」

聞き覚えのある声。

私はハッとして、目を向ける。

翼様と、リョウ。そして、大勢のスタッフの人達。

彼らに誘導され、数えきれないほどの集団が、私の前で大行列を形成していく。一部は神崎さんを追いかけて列を外れたように見えたけれど、それでも、あっという間に最後尾が見えなくなった。

「がんばって」

翼様が私の右側を通り抜ける。

私は、夢を見ているような気分だった。

「おい、ぼーっとしてんじゃねぇぞ」

リョウが私の左側を通り抜ける。

私はまだ、夢を見ているような気分だった。

「ねえ百合ちゃん。頬《ほ》っぺたつねってくれる？」

「え、ほっぺにキスですか？」

「それでもいいよ」

「じょ、じょじょ、冗談ですよ？」

百合ちゃんはオドオドして、私の頬を引っ張った。

「……いたい」

「えっと、あの、これなんですか？」

痛みがある。夢じゃない。

何が起きているのかは分からない。ただ、夢じゃない。とにかく、夢なんかじゃない！

「……」

頬が緩む。

感情が暴れだす。

私は堅苦しいスーツの裾を摑んで、一気に脱いだ。

それを百合ちゃんに渡して、いつものコスプレ姿で、叫んだ。

「みなさーん！　もっと前詰めてくださーい！　大丈夫ここにはエンジニアしかいませんよ～！　最高効率見せてくださーい！」

なにあれ、高校の制服？

なんだなんだコミケか？

ざわざわする群衆。

私は理解することを諦めて、現状を受け入れた。

「移動しまーす‼」

叫んで、大行列を入口に誘導する。

――その様子を、鈴木は少し離れた場所で満足そうに見ていた。

「よかった」

佐藤の笑顔を見て、鈴木は呟いた。

そして、あらためてスマホに目を向ける。

派遣スタッフのリーダに教えられて確認した記事。

そこには、この三日間で起きたことが事細かに記されていた。

きっかけは一人のインフルエンサー。

彼がイベントに参加するという投稿をしたことで、情報が爆発的に拡散された。そして、本来なら隠蔽されていたはずの情報を暴く結果に繋がった。

いわゆる炎上、お祭り騒ぎ。

特に今回は通常の炎上とは毛色が異なる。

エンジニアは数字じゃない。

そのキャッチコピーが象徴するように、多くのエンジニア――最も優れた情報処理能力を有する人々が祭りに参加した。

なーんてことは、全て後付けだ。

鈴木が目を留めた情報は、たったひとつ。

オルラビシステム。

佐藤が生み出した芸術品が、とある有名なエンジニアの心を摑み、この事態を引き起こすきっかけになったということだ。

　頬が緩む。

　自分のことのように誇らしい。

　なにより、彼女が笑っている。先日の涙が嘘だったかのような明るい笑顔を見て、鈴木は心底安堵《あんど》した。

「さて、忙しくなるぞ」

　背伸びをして、気持ちを切り替える。

　そして次の瞬間、ポケットに入れた社用のスマホが震えた。

　非通知。

　鈴木は誰だろうと疑問に思いながら、電話に出た。

「はい、こちら鈴木です」

『貴様、いったい何をした!?』

　聞き覚えのある声。鈴木は、直ぐに相手の正体を察した。

「例の記事、まだご存知ないのですか」

『何をしたのかと聞いてる！　言え！』

　うるさいな。

　鈴木はスマホをスピーカにして、耳から遠ざけた。

「ボクは何もしていませんよ」

『そんなはずあるか！　貴様が何もしなければ、どうして九割以上のエンジニアがそちらへ流れることになる!?』

九割。具体的な数字を知らなかった鈴木は、素直に驚いた。そして、少し考えた。

この男は、彼女を三度も悲しませた。

ファミレスで再会した時、彼女は悔しいと言って泣いていた。それからしばらく経《た》って、彼女は「戻れ」という連絡を受けて気分が沈んでいた。そして先日の出来事——思い出すだけで、気が狂いそうだ。

大きく、息を吸い込んだ。

「エンジニアは数字じゃない」

『何を言っている!?』

「本当に分かりませんか？」

スピーカを通じて荒々しい呼吸音が聞こえる。返す言葉を考えているのだろう。それを悟って、鈴木は穏やかな声音で言った。

「実は、ボクも分かりません」

『馬鹿にしているのか!?』

「いえ、ほんと、分からないんですよ。だって、この結果を作り出したのはボクじゃない。佐藤愛です」

『佐藤愛だとぉ!?』

鈴木は、今も楽しそうに誘導役をしている佐藤を見ながら言う。

「あなたは、いくつかの会社へアプローチして、イベント参加者を奪い取りました。ボクも同じです。多くの会社にアプローチして、参加者を集めました」

それは紛れもない本音。

「彼女は違う。彼女はいつも、目の前にいる相手のことを見ていた」

『ええいっ、くだらん話をするな！　それが、今回の結果とどう関係があるのだ!?』

「要するに、あなたは無知だったんですよ」

『無知だとぉ!?』

ついには叫び声が裏返る。

激怒する新社長に対して、鈴木は言葉を続ける。

「真のプログラマ塾を受講しませんか」

『……塾だと？』

「はい。知らないことは、知ればいい。あなたは次の成功を摑むために、失敗の理由を学ぶべきだ」

『何を偉そうにッ！』

「ボクの目的は、世界を変えることです。子供のように争うことではありません」

お前と違って。

言葉の裏側に添えた皮肉は、しっかりと相手に届く。だからこそ、新社長は返す言葉を失った。

「まだ間に合います。一度で良いから、エンジニアのこと、会社を支える人達のことを学ぶべきです。ご安心ください。当塾は、価値ある人間を見捨てません」

それは良く言えば熱血教師のような、悪く言えば甘い言葉だった。しかし新社長は、電話越しに説得されたところで改心するような人物ではない。もちろん、鈴木はそれを理解している。

「ああっと、すみません。ひとつ失念してました」

何か演技をしているみたいな大仰な口調。

鈴木はスマホに口を近付けて、ゆっくりと告げる。

「うち、未経験NGでした」

笑い交じりの言葉。

お前は無価値な存在だと、鈴木はそう言った。

『鈴木……鈴木、鈴木鈴木鈴木ぃ！　貴様この私を侮辱するのか⁉』

激怒する声。

鈴木は、きっぱりと返事をする。

「ボクは侮辱なんかしません」

それは大人の意趣返し。

「だって、経営者の世界は結果が全てでしょう？」

お前なんか眼中に無いという勝利宣言。

その言葉は、新社長が持つ優れた経営者としての矜持《きょうじ》を粉々に打ち砕くものだった。

ドン、何かにぶつかった音がした。

電話の向こうでスマホを落としたのだろうと鈴木は予測する。

完全な敗北を理解させること。

それは時に、床に額を擦り付けるよりも激しい屈辱を与える。

ヒトに最も大きなダメージを与えるのは他人の言葉ではない。新社長は、きっと自分を責めている。

ならば、これ以上話を続けるのは無意味だ。

「では失礼します。ボクは、これから忙しいので」

電話を切って、軽く舌を出す。

うーんと背伸びをして、フッと息を吐き出す。

そして笑みを浮かべながら、イベント会場へ向かった。

＊　＊　＊

慌ただしい一日だった。

鈴木は派遣スタッフと挨拶をして、翼と遼を帰宅させた後で、佐藤の姿を探した。

イベント中、彼女は常に大勢のエンジニアに囲まれていた。

見る度に笑顔で、鈴木は本当に安堵していた。

「さて、終了間際に見送りしているところまでは確認したけど、まさかそのまま二次会行ってないよね？

流石に佐藤さんでも仕事ぶっちして二次会は……いや、ありえるのか？」

割と本気で悩んでいると、不意に背後から誰かが駆け寄ってくる足音が聞こえた。

振り返る。

同時に、何者かが飛び込んできた。

強烈なタックル。

鈴木は押し倒され、背中に痛みを感じながら、犯人の姿を確認しないまま文句を言う。

「痛いよ、佐藤さん」

「受け止めろよ、バーカ」

「あはは、相変わらず滅茶苦茶《めちゃくちゃ》だね」

きっと普通なら少しはドキドキするシチュエーション。でも彼女の破天荒な行動が、甘い雰囲気を作らせてくれない。

「どうしたの？」

「……」

問いかける。返事はない。

「疲れた？」

「……」

もう一度問いかける。やっぱり返事はない。

鈴木は呆《あき》れ交じりの溜息を吐いて、茜色《あかねいろ》の空を見上げた。

きっとあと数分で暗くなる。

その前には喋《しゃべ》って欲しいなと、ぼんやり思う。

一分、二分と経過した。

佐藤はまだ何も話さない。

「佐藤さん、今日は本当にありがとう」

鈴木は空を見上げながら、呟くような声で言った。

「君が居なければ、不可能だった」

「……そんなことない」

「やっと喋った言葉がそれ？」

鈴木が笑うと、佐藤は照れ隠しに彼の肩をペチペチした。

「……すっごい不安だった」

そして、小さな声で言う。

「私のせいで、全部台無しになったと思った」

「佐藤さんは、意外と繊細だね」

「意外言うな！」

今度は反対側の肩をペチペチする。

鈴木はクスクス笑って、もう一度問いかける。

「それで、どうしたの？」

「……笑うなよ」

「笑わないよ」

「ゼッタイ笑うなよ」

佐藤は何度も念を押す。

それから大きく息を吸って、顔を上げた。

「すごかった」

鈴木は思わず息を止める。

「私にも、できるかな？」

返事ができない。

鈴木は、見惚《みと》れていた。

子供が夢を語るような言葉。

しかしそれを口にした彼女の表情は、紛れもない大人のそれだった。

とても美しいと、そう思ってしまった。

「おい、返事しろ」

拗《す》ねたような声を出して、頬を引っ張る。

直前の姿はどこへやら。鈴木はいつもの佐藤を見て、失笑した。

「あー！　こいつ笑いやがった！」

「ごめん、痛い、叩かないで」

ぽかぽか鈴木を殴る佐藤。

彼はしばらく無抵抗で殴られた後、彼女の柔らかい手首を受け止めた。

「できるよ」

そして、真っ直ぐな目をして言う。

「そもそも今日を作り上げたのは、佐藤さん、君だ」

「……だから、私は何もしてないし」

「そうか。なら、それでいいよ」

「なんだよそれ～」

　ムッとする佐藤。

　鈴木はクスクス肩を揺らす。

「さて帰ろうか。明日も早いよ」

「……ん」

　ちょっと不機嫌そうに返事をして、彼女は先に立ち上がる。そして鈴木に手を伸ばした。彼が手を掴もうとすると――スッと、彼女は手を引いた。鈴木は見事に引っかかって尻餅をつく。

「佐藤さん？」

「やーい！　まぬけ～！」

　きゃははと笑って、とてとて帰路を走る佐藤。

　鈴木は起き上がって、やれやれという様子で声をかける。

「そっち、逆方向だよ！」

「なにゃを!?」

　変な悲鳴を上げて方向転換。鈴木はちょっとイタズラするような気持ちで、小走りする。

「ちょちょちょ、待って！　置いてかれたら帰れない！」

「大丈夫、明日には迎えに行くよ」

「風邪ひくよ〜！」

ちょっと幼いやり取り。

彼女は、クスクス笑う彼の背中を追いかけた。

「鈴木ぃ！」

「なに？」

すぐ追い付いてやるからな。

その言葉を飲み込んで、彼女は言う。

「なんでもない！」

ちょっと意味深な、なんでもない。彼は言葉の裏を考えようとして、やめた。

それから二人は子供みたいに追いかけっこをして、駅まで走った。電車に乗って、二人とも澄ました表情をしながら、あーこれ明日筋肉痛かもとしょーもないことを考える。

目が合う。

なんとなく、互いの考えが通じ合う。

目を逸らす。

唇を噛んで、笑いを堪《こら》える。

子供のようなやりとりが楽しくて仕方がない。

それはきっと、二人が同じ場所を見ているからだ。多くの現実を知って、幼い頃に見た夢から覚めて、大人になった。それでもなお、遥か遠い場所に目を向けた。そして、夢物語のその先へと、歩き始めた。

「そうだ、いっこ言い忘れてた」

「またしょーもないこと？」

「うん、しょーもないこと」

佐藤は満面の笑みを浮かべて、鈴木の隣に立つ。

それからちょっとだけ彼の耳に顔を近付けて、小さな声で言った。

「私も、健太に会えて良かった」

どうだ！　思い知ったか！

彼女は心の中で叫んだ。

「……まったく、本当に、君は」

彼は、視線に耐え切れず目を逸らした。

それを見て彼女は笑う。本当に楽しそうに、笑うのだった。

書き下ろし番外編

書き下ろし番外編

彼女がコスプレを始めた理由

デスマーチとは、過酷なシステム開発現場を示したＩＴ業界の俗語である。もともと一部でひっそり使われていた言葉だが、ブラック企業が社会問題になったことで知名度が向上した。特に、漫画やアニメを好む者や、情報系の学部に属する学生に対する知名度は抜群だ。ならば、その両方に属する佐藤愛が、デスマーチという言葉を知らない道理は無い。

しかし彼女は、知らなかった。否、おそらくデスマーチという言葉を軽々しく口にする全ての者が理解していない。

死の行進。人の心が壊れ、文字通りの意味で寿命を削りながら、地獄へ向かって突き進む現場。佐藤は、新卒入社後、一ヵ月の研修を終え、デスマーチの現場に配属された。そして、デスマーチという言葉の意味を初めて理解した。

「おい!?　誰がクソコード書きやがった!?」

「うるせぇどうせテメェだろ！　黙ってやれ！」

システム管理室。聞こえるのは誰かの怒声と、ストレスを発散するかのような激しいキータイプの音。社員証に内蔵されたチップで早朝に入室した後、日が変わる前に退出することは滅多に無い。昼休憩さえも、パソコンの前で行われる。

佐藤の席は出入口から一番近いところ。右隣にはいわゆる教育係の上司、もうひとつ隣には同期。

二人の新人は、いきなり複数のシステムを管理する仕事が与えられた。

「悪いけどマニュアルとか無いよ。ただ機能はシンプルで、データベースの中身を表示するだけだから、詳細はさっき教えたディレクトリのソースを見てね。分からないことあったら遠慮なく質問して」

業務について説明する上司の目線は、いつもパソコンを向いていた。

佐藤は、なんとなく彼の声が日に日に弱々しくなっているような気がしていた。

予感的中。配属後三ヵ月で、上司が倒れた。代理の教育係は部長の松崎が引き受けることになった。

そして、部長と話をするために、佐藤は初めてシステム管理室の外で食事をすることになった。

「俺も、いつか、ああなるのかな」

移動中、同期が呟《つぶや》いた。

佐藤は、虚《うつ》ろな目で同期を見た。

「ふざけんなよ。ホワイトって聞いたから入ったのになんだよこれ。こんな短期間で転職とか経歴に傷がつく。てか、そもそも逃げる暇もねぇじゃん。なんだよこれ。なんだよこれ。なんなんだよこれ」

そして彼は嘔吐《おうと》した。佐藤は夢でも見ているようなぼんやりとした感情で、その姿を見ていた。やがて部長が駆け付けて、彼は病院に運ばれた。

同期についてあれこれ終わったあと、佐藤は初めて部長と話をすることになった。

「すまないね、佐藤さん」

部長の第一声は、謝罪の言葉だった。

「私にもっと力があれば、適切な数の人員を配置して、このような現場を壊すことができるのだが

「……」

彼は心底悔しそうな様子で、拳を握りしめていた。

「佐藤さん、自動化に興味はあるかな」

「……自動化？」

「そう。うちは昔から人手が足りていない。だけど仕事は、会社が大きくなるにつれて増える一方だ。このままでは必ず崩壊する。私は、これまで部下達《たち》が命懸けで繋《つな》いできたものを、どうしても守りたい」

震えるほど強く拳を握り締め、瞳を潤ませ、ここには無い情景を思い浮かべているかのように、少し上を向いて語る姿。それは佐藤の目に、記憶に、魂に焼き付いた。

「だから、自動化だ。少しでも仕事を減らせれば、皆が楽になる。佐藤さんの仕事は全て私が引き受けるから、自動化に集中して欲しい。頼めるかな？」

言葉としては、お願いとか質問の類。しかしそれは決して断ることのできない命令。それでも佐藤は、不思議と強制されているようには感じなかった。

「……やってみます」

「ありがとう。無理はしなくていいからね」

そのあと深夜まで勤務して、徒歩で帰宅した。

ここ数日、帰宅後は必ず気絶するように眠っていた佐藤だが、その日は眠れなかった。

翌日、出社後。佐藤は部長に挨拶をしてから、業務の自動化について検討を始めた。

当然、いきなりアイデアが生まれるようなことは無い。

十分、一時間、二時間と、何ひとつ進捗が生まれないまま、時間だけが過ぎる。

頭痛を感じた。吐き気もした。それでも佐藤は考え続けた。

やがて彼女は唇を噛《か》み、キーボードに手を伸ばした。

何か思い浮かんだわけではない。何もしていない現状に耐えられなくなったのだ。

とりあえず、先日まで管理していたシステムのソースコードを表示する。しかし進捗は生み出せない。

真っ黒な背景に映し出されるカラフルなプログラムは、どれだけ見つめても、答えをくれない。

不安が大きくなる。佐藤は怖くなって、まるで何かから逃げるみたいに目を閉じた。

視覚が奪われたことで聴覚が活性化する。佐藤は、あちこちから聞こえる音を認識した。彼女は、この音が大嫌いだった。単純に怖いとか、気分が悪くなるとか、さまざまな理由で、とにかく嫌いだった。

「おいサドラン の問い合わせどうなってる!?」

「悪い！　直《す》ぐメール飛ばす！」

サドラン、おそらくシステム名と思《おぼ》しき専門用語。

内容は普通なのに、どうして怒鳴る必要があるのか、佐藤には理解できなかった。

しばらく同じような日々が続いて、ふと、あの大嫌いな音が、運動部に似ているなと感じた。

「おいテメェ寝てんのか!?」

「わりっ、ちょっと意識とんでた」

「どうせ寝るなら家で寝ろ！　そっちの方が回復が早い！」

「うるせぇもう十分だわボケ！」

意外と、仲が良いのかもしれない。

そのことに気が付いた直後、佐藤は部長が涙ながらに発した言葉の意味を理解した。

――私は、これまで部下達が命懸けで繋いできたものを、どうしても守りたい。

もちろん、配属されたばかりの佐藤には、何の思い入れも無い。

しかし、ちっぽけな共感を得た後からは、不思議なことに頭痛を感じなくなった。

「佐藤さん、そろそろ帰っても大丈夫だよ」

「……いえ、もうちょっとなので」

没頭するようになった。

家に帰るのが二日に一回というのが当たり前になった。周囲が心配して声をかける程だった。

しかし佐藤は、まだ大学を卒業したばかりである。理系の学生ならば、研究室に寝泊まりすることなど珍しくない。その生活に耐えられる体力と精神力がある。

もちろん、疲労は蓄積していく。会社ではパソコンと睨《にら》み合いをして、家に帰ると電源が切れた機械のように眠るだけの日々が続いていた。

ある時、帰宅した佐藤は床に転がっていたリモコンを踏んだ。そして、偶然テレビに映ったアニメを目にした。久々のサブカルだった。それは、なんてことのない日常系アニメだった。かわいい女の子だけが画面に映って、なんだか一生懸命に料理を作っているアニメだった。

涙が出た。感動的なシーンなんてどこにも無いのに、頑張っているキャラの姿を見て心が震えた。

自分も、あのキャラのようになりたいと思った。

夢中でアニメを見た。数日の絶食を経て食事をするみたいに、弱った心から逆流する涙で頬を濡《ぬ》らしながら、なんてことのない日常風景を見続けた。

それから何日か経《た》って、彼女は、ほとんど無意識でコスプレ衣装を作り、それを着て出社した。

「「「…………」」」

普段は怒声が飛び交う職場。

しかし、その日だけは静かだった。

「できました」

同日、午後。佐藤は部長の松崎に声をかけた。

他の社員は、佐藤の声を聞くと作業を止めて、どこか緊張した様子で目を向けた。

「ええっと、何ができたのかな？」

松崎は、周囲から感じる圧力、そして奇抜な衣装から目を背けて、どうにか質問をした。

佐藤は返事をせず、松崎の手元にあるキーボードに手を伸ばして、いくつかのコマンドを打ち込んだ。

「……これは」

パソコンのモニタ上に次々と出力されるログ。しばらく目を細めていた松崎は、それが平時は人の操作により出力されるログであることに気が付いて、目を見開いた。

「佐藤さん、説明してもらえるかな？」

佐藤は言葉を探したが、浮かばなかった。疲労が蓄積して意識が朦朧《もうろう》としていたからだ。

——愛ちゃん、頑張って。

幻聴を耳にした。そして、頭の中に浮かび上がったアニメキャラの言葉を、そのまま声に出した。

「何って部長っ、やだな～、自動化ですよ～」

キャピキャピしたアニメっぽい声。周囲の空気が凍る。

佐藤はふと我に返って、冷や汗で背中が濡れるのを感じた。

「佐藤さん」

同僚の一人が声を出す。佐藤はまな板の上の鯉《こい》みたいな心持ちで、声が聞こえた方に目を向けた。

「もしかしてそれ、ミラパエのモッコちゃん？」

「……あっ、ご、ご存知なんですか？」

「お、マジか。クオリティ低くて分かんなかった」

「ひどぉ!?」

そのやりとりで、誰かが笑った。

「え、それモッコちゃんだったの？」

「いやでも、言われてみればぱって感じはするな」

「おいおいなんだ？　ここオタクばっかか？」

「あぁ!?　ミラパエをディスる奴《やつ》は、ソースコードに全角スペースが交ざる呪いをかけんぞゴラァ!?」

瞬く間に盛り上がる会話。佐藤は、ぼんやりとした様子で、それを見ていた。

「ごめんね佐藤さん。大人になりきれてない連中なんだよ」

「松崎さんその紹介は酷《ひど》くないですか!?」

それから十五分ほど経過して、佐藤はシステムの説明を始めた。それは、まだまだ稚拙で、全く最適化がなされていない。しかし、話を聞いた全てのエンジニアが驚愕《きょうがく》するような、とても斬新な発想だった。

「これ、ひょっとすると他のシステムにも応用できるんじゃない？」

誰かが言った。

「佐藤さん、俺が今やってる業務共有するから、これ応用できないか考えてみてくれないかな？」

「いや佐藤さん、こっちから始めよう。こいつは息臭いから後回しでいいよ」

「あぁ!?」

「クセェってんだよ口開くなボケェ！」

そのやりとりを見て、ついに佐藤は笑った。喧嘩《けんか》を始めた二人は、気恥ずかしくなって口を閉じる。

「両方、見てみます。順番は、仲良くジャンケンで決めましょうか！」

数日前までとは別人のように明るい佐藤の声。

こうして、後にオルラビシステムと呼ばれるシステムの開発が始まったのだった。

そしてこれが、彼女がコスプレを始めた理由。

この日から、佐藤は毎日コスプレをして出社するようになった。流石《さすが》にコスプレ衣装で電車に乗り続けていたらクレームを受けて、社内で着替えるようにしたけれど、奇抜な服装で仕事をすることについて、何か不満を口にする同僚は一人もいなかった。

笑顔が増えた。

その中心には、手作り感あふれるコスプレをした社員——佐藤愛の姿が、あったのだった。

あとがき

はじめまして。世界を今よりもっと笑顔にしたい小学生（概念）の「下城米《かしろめ》　雪《ゆき》」です。

私は愛ちゃんと同じオタクでして、毎クール二桁数のアニメを完走するのはもちろんのこと、沢山のマンガやライトノベルを読んでいます。ライトノベルは、本編はもちろん、あとがきも大好きです。もっと読みたい。終わって欲しくない。あとがきを読んでいると、まるで映画のエンディング後に流れるエピローグを観《み》ているかのような気持ちになります。という具合に、いつも楽しく読んでいたあとがきですが、まさか執筆する側になるとは……人生何が起こるか分からないものです。

本作、如何《いかが》だったでしょうか。小説家になろう出身としては珍しい現代物で、しかもファンタジー要素が皆無という極めて希少な物語でした。多くのサブカルに触れている私ですらあまり見ないジャンルなので、新鮮な感覚をお届けできたのではないかなと思います。

さて作中でも述べましたが、私のようなオタクにとってサブカルは生きる糧です。辛《つら》くて苦しくて挫《くじ》けそうな時、物語は、いつも私に勇気をくれました。インフルが治癒したのも実体験です。

私にとっての物語が、誰かにとっての本作になったならば、それ以上の幸せはありません。

笑顔をひとつでも増やすことが、私が思い描く夢物語のその先です。

我ながらカッコいいコメントですね。なので、汚いことを述べて、どうにかプラマイゼロを目指したいと思います。汚いこと……小学生……うん、お金の話ですね！

宣伝します！

本作、コミカライズされます！「ＰＡＳＨ　ＵＰ！」など様々な媒体で表情豊かな愛ちゃんを是非ご覧ください！　少女漫画パロディなど漫画ならではの表現を是非！　是非！

そして！

物語の続きが描かれるかどうかは！　売上が！　決める！　ので！　友人や知人に勧めたり、レビューを書いて見知らぬ誰かに布教したり、そっと社内エンジニアの机に本作を置いたり、複数買いしたりしてください！　よく電子と紙どちらを買うのが嬉《うれ》しいですかという話題がありますが、もちろん「両方購入」が一番嬉しいのでよろしくお願いします！

よし、これでプラマイゼロだな！

以上、ここからは謝辞です。

ファーストコミュニケーションから出版まで全力で支援してくださった松居様（担当編集）、私とは異なる目線で物語のヒントをくれたＡＩエンジニアの蕭《しょう》様、愛ちゃんを最高にかわいく、そしてＫＴＲを最高にカッコよくデザインしてくださったｉｃｃｈｉ様、その他にも大勢の方の協力があり本作が出版されることになりました。この場を借りて、お礼申し上げます。

この本を読んでのご意見・ご感想・ファンレターをお待ちしております。
〈宛先〉 〒104-8357 東京都中央区京橋3-5-7
（株）主婦と生活社 PASH！編集部
「下城米雪先生」係
※本書は「小説家になろう」（https://syosetu.com）に掲載されていたものを、改稿のうえ書籍化したものです。

PASH!ブックス

え、社内システム全てワンオペしている私を解雇ですか？

2021年5月17日 1刷発行

著者 下城米雪
編集人 春名 衛
発行人 倉次辰男
発行所 株式会社主婦と生活社
〒104-8357 東京都中央区京橋3-5-7
03-3563-5315（編集）
03-3563-5121（販売）
03-3563-5125（生産）
ホームページ https://www.shufu.co.jp
製版所 株式会社二葉企画
印刷所 大日本印刷株式会社
製本所 株式会社若林製本工場
イラスト icchi
デザイン 坂野公一（welle design）
編集 松居 雅

 ISBN978-4-391-15604-1